ラルーナ文庫

JN132148

つがいはキッチンで愛を育む

鳥舟あや

三交社

CONTENTS

Illustration

サマミヤアカザ

つがいはキッチンで愛を育む

本作品はフィクションです。
実際の人物・団体・事件などにはいっさい関係ありません。

【1】

アオシは護衛業を生業《なりわい》としている。

相棒のナツカゲと二人で、子供を相手にした護衛業をしている。

富裕層や政府高官の子供、芸能界の売れっ子子役、両足に億の保険がかかっている未成年モデル、マフィアのボスの子供など、身辺に気を配る必要のある人物を護衛している。

時には、護衛を頼みたいが金銭的に余裕のない家庭や、保護責任者が病気などで身動きがとれない家庭の子供たちを学校まで送迎したりもする。このほか、未成年に対する犯罪が多発している地区の子供の護衛をしたり、親に問題がある子供の一時保護をしたり、支援団体や行政からの委託を受けて慈善事業のようなこともしていた。

護衛対象に子供が多いのは、何年か仕事を続けるにつれ、「あの二人組は子供の扱いが上手いし、子供相手でも手を抜かずにしっかり仕事をこなすし、護衛対象者に接する時のノウハウをよく弁《わきま》えている」という評判が広まって、子供を守りたい大人たちや時にはマフィアのボスからも、「娘、息子の身辺を守ってくれ」と依頼がくるようになったからだ。

アオシたちへの依頼は、短期の依頼が多い。

子供が夏休みの間、親が仕事で留守にする一週間、保護責任者が入院する半月間、マフィア間の抗争が沈静化するまで、ストーカー被害が片づくまで、今期のファッションショーの契約満了まで……、その程度だ。

長期の場合は、私設の護衛団を形成するよう進言したり、長期専門の警備会社を紹介したりする。長期間ともなると、アオシとナツカゲのように、二人で細々とやっている会社では人手が足りないし、カバーできない面も出てくるし、守りきれないからだ。

獣人と、人外と、人間が共存するのがこの世界だ。それぞれに専門分野や対処方法がある。

この世界では、希少種や珍しい生き物というだけで、大人の悪意の対象になる。すべての子供を警察がつきっきりで守ってくれるわけではないから、この職業はわりと商売になっていた。

子供は絶対的に守られるべき存在だ。

大人には子供を守る力があるのだから、それを発揮するのは当然のことだ。

この仕事を始めるにあたり、救急法に関連する資格や児童を扱う各種資格を取得したし、いまも継続して勉強している。いまのところ、護衛業でそれらが役に立つ機会は少ないけれど、いざ必要に迫られた時に対処が分からなくてなにもできないのはいやだった。

アオシは、子供を守るこの仕事にそれなりの誇りを持って取り組んでいた。

今夜も、アオシとナツカゲは仕事に出ていた。

人手が足りないとかで、急遽《きゅうきょ》、得意先から声がかかって、いつもとは毛色の異なる護衛業に充当していた。

割の良い仕事だ。運び屋が荷物を運ぶので、アオシとナツカゲはその運び屋を目的地まで護衛する。それだけで、かなりの金額が手に入る。

アオシとナツカゲは、合流場所で運び屋の到着を待っていた。

二人は特に会話するでもなく、ナツカゲは上着に隠した銃に片手を添えたまま待機していて、アオシは車に凭《もた》れかかって携帯電話で時間を確認していた。

手持ち無沙汰《ぶさた》で会話がないというわけではない。もともと、アオシとナツカゲは一緒に仕事こそしているが、仕事以外ではあまり話をしない、そんな関係だった。

定刻どおりに運び屋が姿を現した。

その運び屋の雰囲気から、キナ臭さを感じた。

運び屋は、小さめのキャリーケースを提げ持っている。大人の男が片手で持ち運べるくらいのものだから、現金か貴金属、曰《いわ》くつきの武器か、爆弾の材料……、中身はそんなところだろう。

もっとも、その運び屋が荷物の中身を知っているかどうかは分からない。

アオシとナツカゲも、得意先からの下請けでこの業務を請け負っただけだから、荷物の中身を知らされていないし、知るつもりもない。今回は得意先に頼み込まれて引き受けたが、基本的に、その得意先も、アオシもナツカゲも、そういう後ろ暗い世界からは一歩足を引いていたので、どこか引っかかりを覚えた。

「アンタらが護衛か？」

事前にアオシとナツカゲの容姿を伝え聞いていたらしく、運び屋は淀《よど》みなく声をかけてきた。

「目的地は？」

「旧ルペルクス邸」

ナツカゲの問いに、運び屋は短く答える。

旧ルペルクス邸は、旧市街地の一等地にある古い屋敷だ。

会話も少なく、三人は車に向かう。

車は、アオシたちが仕事用に使っている車だ。

アオシはさりげなく車の後方へ回り、トランクから工具箱を取り出してナンバープレートを偽装用に変更する。本格的な物ではないが、簡単に、手早く、本物のナンバープレートの上にかぶせられる。

運び屋の様子があまりにも胡散臭《うさんくさ》いので、なんとなく用心でそうした。完全に勘だ。アオシのその行動にナツカゲはなにも言わなかったが、ナツカゲもそうすべきだと思ったようで、お互いに目線で頷《うなず》き合った。

運び屋が、キャリーケースを後部座席の床に置いた。

アオシは運び屋の背後に回り、車に乗り込むまでの動きを観察する。

その時、視界の端でキャリーケースが動いた。床に置いた拍子にぐらついたのではなく、誰《だれ》も触っていないキャリーケースが独りでに動いたのだ。

アオシがじっとそれを注視していると、また、動く。

続けて、なにかを叩《たた》くような、くぐもった音も聞こえた。

運び屋は荷物を置くなり携帯電話を見始めたので、それに気づいていない。

「…………」

人が入っているかもしれない。アオシはすぐさまそう考えた。

小さめのキャリーケースだ。もし、ここに人が入っているなら、子供だ。

それも、小さな子供だ。

アオシの仕事は、子供を守ることだ。

それを専門にしているのに、子供が犯罪に巻き込まれるのは許せない。

アオシはキャリーケースを摑《つか》んで車外に出し、靴下止めに忍ばせているナイフを抜き、電子ロックを物理的に破壊した。

「ナツカゲさん、これ開けて」

運転席のドア前にいたナツカゲに、キャリーを開けるよう頼む。

壊した電子ロック部分をとっかかりにすれば、ナツカゲなら力業で開けられる。

「おい、お前らなにしてんだ⁉」

運び屋が慌てて車から降りた。

それとほぼ同時に、ナツカゲがキャリーを抉《こ》じ開ける。

途端に、尻尾《しっぽ》が、蛇のようにひょろっと出てきた。

虎《とら》の尻尾だ。白のふわふわに、青白い灰色の縞《しま》がうっすらと入っている。尻尾はまだ短くて、まるまるとやわらかそうだ。ひよこの産毛のようで、ぽわぽわしている。

その尻尾は、人間の子供の尻《しり》にくっついていた。

「……子供の獣人……混血？」

その虎の子は、耳と尻尾だけが虎で、顔や体、手足は人間の子供だった。

キャリーケースから顔を出したその子供は状況が把握できないらしく、不思議な風合いをした瞳《ひとみ》で、アオシとナツカゲを見るともなしに見つめている。見つめてこそいるが、その瞳には、不安の色と、いまにも零《こぼ》れ落ちそうな涙があった。

アオシから見る限り、四つか五つだろうか……。五つにしては幼すぎる気もするが、獣人や人外は見た目の年齢と実際の年齢が比例しないので、判断が難しい。

「おい、元に戻せ！　なにしてくれてんだよ！」

「こっちのセリフだ！　アンタ、ガキ攫《さら》ってきたのか⁉」

　アオシは、運び屋の恫喝《どうかつ》に恫喝で返す。

「知るかよ！　俺はコレ運ぶだけで中身まで知らねぇよ！」

「はぁ⁉　……っざけんな！　この仕事はここで終わりだ！」

「終わるわけねぇだろうが！　俺はこの報酬がないと困るんだよ！」

「ガキ不幸にして儲《もう》けてんじゃねぇよ！」

　アオシと運び屋が怒鳴り合う。

　そうする間に、ナツカゲが子供へ向けて、「どうやってここに来たか覚えてるか？　家族はいるか？」と尋ねる。子供は、「わかんない……おとうさんとパパとおにいちゃんはどこ？」と、きょろきょろ、家族を探している。

「ほら見ろ！　誘拐だろうが！」

　子供の様子から、アオシは犯罪の匂《にお》いを嗅《か》ぎ取る。

「だから！　知るかよ！　俺はこのガキを運ぶのが仕事であって、それが誘拐だろうがなんだろうが、どうでもいいんだよ！」

「どうでもよくねぇだろうが！　……っんなこと、俺が許さない！」

「お前が許すも許さねぇも関係ねぇよ！　仕事なんだよ！　これを届けなかったら、こっちは契約違反だし、信用問題にかかわるんだよ！」

「そんなもん子供の安全に比べたらクソだろうが！　俺らの商売はガキで金儲けするんじゃなくて、守るほうが専門なんだよ！」

「おい、お前もなんとか言えよ！　お前の相棒おかしいぞ‼」

運び屋は、子供と話すナツカゲに話を振った。

「確かに。この子供を目的地へ届けなかった場合、契約違反になるな。しかも、このまま俺たちがこの子を保護したなら、依頼主から俺たちがこの子供を横取りしたことにもなる。……まぁ、そうなると、報復があるだろうなぁ……」

まるで他人事《ひとごと》のように、のんびり、鷹揚《おうよう》に、ナツカゲが冷静に事実を述べる。

「ほら見ろ若造！　お前の相方はお前の言ってることがどれだけ馬鹿げてんのか分かってんぞ！」

「ナツカゲさん！」

運び屋とアオシが同時にナツカゲを見る。

「だがまぁ、俺はその若造のほうの相方なんでな。相方が子供で金は稼ぎたくないってんなら、俺はそれに付き合うのが信条だ」

「っしゃ！」

ほらみろ、とアオシは運び屋を見やる。

ナツカゲは、いつも、アオシの望むことを絶対に肯定して、協力してくれる。今日も、なんだかんだで、「しょうがねぇな」と肩で息を吐き、この胸糞悪《むなくそ》い悪事を放棄して、子供を救うほうを選んでくれた。

「そういうわけで、運び屋、ここはひとつ引いてくれるか？」

ナツカゲは上着の下の拳銃をちらつかせ、アオシに子供を抱かせて背後に庇《かば》う。

ナツカゲは狼《おおかみ》の獣人で、運び屋は純粋な人間だ。

狼獣人のなかでも飛び抜けて図体の立派なナツカゲが運び屋の前に立ちはだかると、その身長差は五十センチ以上となり、体の厚みも、強靭《きょうじん》さも、腕力も、すべて、ナツカゲが優位に立つことになる。

「俺は無関係だからな⁉」

運び屋は撤退を決めたようで、「依頼主に報告するからな！　クソ野郎が！」と吐き捨てて、走り去った。

「うっせぇばーか！」

低レベルなセリフを言い返し、アオシは中指を立てる。

それからナツカゲに向き直り、「そういうわけで、助けます」と宣言する。

「かなり厄介だぞ」

ナツカゲは、虎の子の見た目から、なにか察するところがあったらしい。

「一人でもやります」

「分かった。お前の望むがままに」

「ありがとうございます」

アオシはぶっきらぼうな口調で礼を述べ、虎の子に向き直った。

虎の子は、ナツカゲの狼尻尾をぎゅっと握りしめて、「おとうさん、ぱぱ、どこ……」と、しくしく泣いている。

「お前の親は俺が見つけてやる」

アオシは虎の子の目線に跪《ひざまず》き、涙でうるむ瞳を見つめて、そう約束した。

子供は無条件で大人に庇護《ひご》されるものだ。

アオシは、そういう信念に基づいてこの仕事をしている。

なにがあろうと、自分で自分の身を守る術のない子供が誰かに傷つけられることがあってはならない。たとえ、加害者が、その子にとっての親であろうと、親類であろうと、子供同士であろうと、大人であろうと、他人であろうと……。

子供は守られるべきなのだ。

アオシは、己の信条に忠実に、目の前のこの子を守ると決めた。

＊

いつまでもあの場所にいても仕方ないので、ひとまずその場から離れることにした。

ナツカゲが運転して、アオシと虎の子は後部座席に座った。

「ナツカゲさん、うちの家にチャイルドシートってありましたっけ？」

「去年、政治家の息子を学校まで送迎してた時のやつがあっただろ」

「あー……じゃあ物置だな。新しいの買ったほうが早いな。メンテナンスしてないし」

隣に座らせた虎の子が車中で転ばないように、アオシは虎の子のほうを向いて斜めに座り、腕と体を使って子供の肩のあたりを支えていた。袈裟懸《けさが》けと腹でシートベルトを二重にかけさせているとはいえ、よその家の子を車に乗せる時は気が気じゃない。

ナツカゲも、子供に配慮していつもよりゆっくり運転してくれている。

「………ひっ、う、ぅうぅ……おとぉしゃん……ぱぱぁ……おにぃちゃ……っ」

虎の子はさっきからずっと泣きじゃくっていた。

「……泣き虫かよ」

アオシは天を仰ぐ。

なにかしら情報を引き出したいのだが、ずっと泣き通しで話にならない。

車に乗る前、ナツカゲが尻尾であやしてすこし機嫌が持ち直したのだが、車に乗って走り出すとまた不安になってきたようで、泣き始めてしまった。

「こわいよな～、知らない大人ばっかりで。誘拐されたり、こわいことばっかりだもんなぁ。いままで助けてくれる人いなかったんだもんなぁ……」

そろりそろり、虎の子の頭を撫《な》でる。

アオシは子供相手の仕事をしているが、どちらかというと、子供の扱いは下手だ。

ただ、必要以上に子供扱いせず、一人の生き物として対等に接するよう心がけている。子供にはそういった扱いが新鮮に映るようで、これまでの仕事でもなんとか円滑な関係性を築けていた。

そもそも、子供の扱いはナツカゲのほうが得意なのだ。

子供は本能で優しい人が分かるようで、アオシよりもずっと口数が少なくて、見た目がこわいナツカゲに懐くことが多い。

しかも、ナツカゲの場合は、狼獣人特有のふかふかの耳や尻尾がある。それを触らせたら、どんな子供もたいてい骨抜きのめろめろになった。

「俺、兄弟は兄貴だけで弟とかいなくてさぁ、お前くらいの子供のことがよく分かんないんだよ。お父さんとパパと、あと、にいちゃん？　……のとこに連れてってやりたいから、協力してくんない？」

不器用なりに、アオシは虎の子を慰める。

すると、虎の子はふと泣くのをやめて、「きょうりょく?」と鸚鵡返《おうむがえ》しに尋ねた。

「そ、協力。俺はアオシ。二十三歳。あっちはナツカゲさん、三十三歳。新市街地に住んでる。お前の名前、教えてくれる?」

「ヨキ、三さいです」

親の躾《しつけ》なのか、こんにちは、と礼儀正しくお辞儀する。

「うん、こんにちは、ヨキはいいこだな」

アオシはスーツのシャツの袖口で涙を拭《ぬぐ》ってやる。

そしたら、「あまくて、いいにぉいする」とヨキがアオシのシャツの袖口に鼻を寄せて、くんくんしてきた。

「そりゃ、そいつが昼メシのあとにジェラテリアでジェラート買い食いして袖にこぼしたからだ」

ナツカゲが運転しながら笑う。

「いいから、ナツカゲさんは黙っててください。……ヨキは携帯電話とか身分証明書とか、そういうの持ってるか?」

「でんわ、ないない」

「家の場所は分かるか? どこに住んでる?」

「おうちは、アンテネブラエ通りです」

「高級住宅街だな」

ナツカゲは、進路をそちらへ変更する。

アンテネブラエは、イルミナシティの郊外にある高級住宅街だ。

アンテネブラエには、アオシとナツカゲの顧客もいる。その地域へ入るには許可証が必要で、二十四時間常に守衛の立つ専用ゲートをくぐる必要があった。一軒一軒の距離も適度に離れていて、生活音も届かなければ、各家庭の部屋の照明も見えないくらいプライバシーが保たれている。

ともなれば、ヨキが富裕層の子供だから誘拐されたと考えるのが妥当だろうが……。

「珍しい虎の子みたいだしなぁ……」

「その毛色、ルペルクスの家系だな」

ナツカゲは、ミラー越しにヨキを見やる。

ヨキの耳や尻尾は、青に見える灰色の毛皮で、もふっとしていてふかふかの綿毛のようだ。瞳の色は緑がかった青色で、知的で優しいけれど、肉食獣らしい光も湛《たた》えている。ただ、よく泣く子にありがちな垂れ目で、獰猛《どうもう》さは欠片《かけら》もない。

「ルペルクスって、五大家のひとつですよね。確か、青虎族……」

「そうだ」

アオシの問いにナツカゲが頷く。

「そういえば、あの運び屋、ヨキを旧ルペルクス邸に運ぶって言ってましたね」

「だが、キャリーケースへ入れて運ぶのは尋常じゃねぇな。見たとこ、純潔のルペルクスでもなさそうだ。半分は人間のようだから、血が混ざってんだろ。となれば、ルペルクス家の誰かが外で妾《めかけ》に産ませた子か、繁殖用に用意したメスを孕《はら》ませて作った子か……、そんなところだろうな。……どこの家も、考えることは同じだな」

「…………」

「すまん」

「いや、うん……大丈夫です、……気にしないでください」

微妙な雰囲気が流れて、アオシは空返事でナツカゲの謝罪をなかったことにする。

アオシとは違い、ナツカゲもまた特別な家柄の生まれだ。

ナツカゲの生家は、その名を耳にすれば、誰しもが一度は聞いたことのある名家で、この国の上流社会に君臨する。それもあって、ナツカゲは、同じような特権階級にある家柄の獣人の特徴や生活様式、繁殖についても把握していた。

アオシも、ナツカゲほどではないが、そういう社会の情報に通じている。

もっとも、ナツカゲと違い、アオシは名家の出身ではない。ナツカゲの実家に仕える人間の家柄というだけで、獣人社会においてなんの権限も権力も持っていない。それどころか、人間社会からも人外社会からも馬鹿にされ、蔑《さげす》まれるような、そんな家の生まれだ。

「ヨキ、お前のお父さんかパパは青虎族か？」

「パパがとらさんです」

「お父さん、パパ、おにいちゃんの名前とか……、あ、そうだ、迷子札は持ってるか？」

「…………まいごふだ！」

ヨキは靴を片方脱いで、「ぱぱが、迷子になった時は、これをおまわりさんに渡しなさい、って」とアオシへ靴を渡した。

「パパちょう最高じゃん！」

靴を探ると、中敷きの一ヶ所にICチップが埋め込んであった。

携帯電話でICチップのデータを読み取ると、自宅の住所と電話番号が出てきた。

試しに、電話番号にコールしてみたが、不通になった。

「これだけ用心深いパパなら、GPSもどっかに入ってそうだな……」

アオシは、ヨキの耳と尻尾を探る。

靴や服といった着脱できるものに付属しているのではなく、ヨキの歯に埋め込んだり、耳や尻尾に仕掛けたりして、ヨキ本人の行動と生体反応を確認できる装置があると考えるのが妥当だが、パっと見では発見できない。

かなり用心深い親だ。

「俺のほうから家の場所とか訊《き》いといてなんだけど、ヨキ、知らない人に名前とか家とか教えたらだめだからな」

「……あ、そうだった」

ヨキは、耳をぴくっと立てて、目を瞬《しばた》く。

どうやらこの子は、ちょっとのんびりふわふわ育っているらしい。

「ナツカゲさん、ここ行ってください」

運転席側へ身を乗り出して携帯電話の画面をナビに映し、住所を読み上げる。

さっき、ヨキが自分で言ったのと同じアンテネブラエ通りの住所だ。

「分かった。……お前もちゃんと後ろに座ってろ」

ナツカゲはアオシに言い聞かせて、ハンドルを切った。

＊

城壁で守られたような高級住宅街だが、どこの世界にも抜け道はあるし、警備の抜け穴もあれば、ここに住む顧客にツテもある。

そのいくつかを駆使して、アオシたちはヨキの家へ辿《たど》り着いた。

「おうち、ここ！」

夜明け前、その豪邸を前にしてヨキが笑顔になったのも束《つか》の間だった。

「パパも、おとうさんも、おにいちゃんもいない……」

屋敷へ入るなり、ヨキは立ち尽くした。

ナツカゲが先に入って安全確保をしてからヨキとアオシが家屋へ入ったが、そこに人の気配はなかった。

お屋敷と呼ぶべき豪邸は立派な佇《たたず》まいで、きちんと清掃が行き届いており、それでいて子供用品やちょっとした生活用品から、家庭的な雰囲気も存分に見てとれた。

家財道具は、子供サイズが二つと、獣人サイズと人間サイズがひとつずつ。体格や種族、生活様式の異なるそれぞれが生活しやすいように、誰かが不便を感じないように、みんなで譲り合って、助け合って生活しているのが家の雰囲気から伝わってきた。

しかもそのうえ、子供が怪我《けが》をしないように、子供の安全を優先するかたちで物が配置され、機能的で住みやすい造りにもなっている。

ヨキの親が、二人の子供を気遣ってこの家を造り上げていることが、手に取るように分かった。

二人の子供の描いた絵、賞状、トロフィー、家族写真、記念品、いろんなものが飾られていて、ヨキの両親が子供たちを深く愛しているのは明白だ。

だが、その温かい雰囲気の邸宅には、わずかばかり襲撃された痕跡《こんせき》があった。

床には少量の血痕《けっこん》があり、なにかを探していたのか、家捜しされたような乱雑さがそこかしこに残されている。

「…………警察と、国軍？」

靴痕から、アオシはそう判断する。

この特殊な靴跡は、軍や警察の官給品だ。

「ビジネスシューズもあるな。……それと、複数の虎の匂いだ」

ナツカゲは鼻を働かせ、ヨキの親以外の虎がこの屋敷に侵入したことに気づく。

ビジネスシューズは獣人が多用するサイズで、靴箱にあったヨキの両親の靴のサイズとは違った。

警察と国軍、ビジネスシューズを履くような者たちが家族の巣に立ち入って、一体なにを探したのか……。

それも、状況からして、息を殺して狩りをする獣のように静かにこの屋敷へ忍び入り、家人を強襲したに違いない。

異様だ。

いくらプライバシーが守られているとはいえ、一家全員が行方不明になっているのだからニュースになってもおかしくない。

高級住宅街に住むような人物ならば、会社をいくつも経営しているか、貴族の家柄か、著名な人物か、なにかしら社会的な地位があるはずで、他者とのかかわりも多いはずだ。

写真で見る限り、上の子は学校に通っているようだから、登校していないとなると学校から所在確認の連絡が入るだろうし、親とも連絡が取れなければ、学校は、警察や、この住宅地の警備会社などに連絡するはずだ。

それすらないということは、情報統制されているということだ。

この一家にかかわる情報すべてが、どこかで握り潰《つぶ》されているということだ。

国家機関に介入して情報統制できるほどの有力者や有力な組織、もしかしたら、国軍や警察までもが、この一家失踪《しっそう》事件にかかわっている可能性が高い。

「警察に迷子届けは出さないほうがよさそうですね」

「あぁ、今回ばかりはそれが正しいだろうな」

「ヨキは、自分がどこで誘拐されたか覚えてないらしいんです」

アオシは、ここへ来るまでの間にヨキから聞き出した情報をナツカゲと共有する。

「恐怖からくる一時的な健忘ってやつか？」

「そんな深刻な理由じゃなく……、単純に、午前中から家族で出かけて、夜はレストランでメシ食って、パパにだっこされてうとうとして、気がついたら家に帰ってきてて、庭に車が停《と》まって目が醒《さ》めて、またうとうとして……ってとこまでしか覚えてないらしいんです」

「寝ぼけてたのか……まぁ、三歳でそれだけ説明できたら充分だな」

「あいつ、のんびりふわふわしてますけど賢いですよ。たぶん、その直後に誘拐されたか、留守中の家に侵入していた何者かに帰宅と同時に襲撃されたかしたんだと思います」

「長居は禁物だな。二階と庭をもう一度確認して、車で待ってる」

「はい。……ヨキ、そろそろ……」

アオシは、暖炉の前に立つヨキに声をかけた。

「………んっ、しょ」

ヨキは背伸びして暖炉のうえに手を伸ばそうとしていた。

「危ないぞ、ほら」

ヨキの両脇《りょうわき》を抱えて持ち上げ、暖炉の上に視線がくるようにしてやる。

そこには、家族写真がいくつも飾られていた。

「これ、ぱぱ」

ヨキが指さして教えてくれる。

「パパ、男前じゃん。それに、めちゃくちゃ優しそう」

「やさしくて、つよいよ」

「毛皮もっふもふだな。……じゃ、こっちがお父さん？　すげー美人」

「美人だし、かわいいよ。小鳥さんみたいにね、ヨキ、ヨキ、だいすきって呼んでくれるの。かわいいの。いっつもにこにこしててね、しょっちゅう、ヨキとおにいちゃんをぎゅうぎゅうハグしてくれてね、ちょっとうっとうしいけど、しあわせなの」

「そっか、幸せか。……これが、兄ちゃん？　兎《うさぎ》の耳あるけど……」

「うん！　とってもかしこいの！　ヨキといっぱい遊んでくれてね、ちっちゃい飛行機とか作ってくれたりね、お砂場でじっけんして、ちっちゃい砂漠とか作ってくれたりね、プールで海の波を作ってくれたりするの」

「賢いんだなぁ。……あのな、ヨキ」

「うん」

「このおうちには、パパとお父さんと兄ちゃんがいなかっただろ？　だから、ほかのところを捜そうと思うんだ」

「……うん」

「この家はヨキの家だけど、一人でこの家でみんなが帰ってくるの待てないだろ？」

「待てるよ」

「待てるか～……、でも、みんなが帰ってくるまで何日もかかるかもしれないんだ。そしたら、ご飯とか、お風呂《ふろ》とか困ると思うんだ。パパやお父さんや兄ちゃんと、一人の時にお風呂場に近寄ったら危ないからだめとか、火を使ったらだめとか、外に一人で出ちゃだめとか、約束しなかったか？」

「した」

「ヨキはそれ守れる子だろ？」

「うん」

「じゃあ、俺とナツカゲさんでヨキの家族を捜すから、みんなが帰ってくるまで、俺たちの家で待たないか？」

「アオシの家？」

「そ、俺とナツカゲさんの家」

「……プールある？」

「プールはないけど、家の前に川があって、めちゃくちゃ景色がいいよ。釣りしたり、水遊びしたり、舟遊びしたりくらいならできる」

「フルゲオ川？」

「よく知ってんな」

「パパとおとうさんが、朝のおさんぽデートした川……」

「……めっちゃらぶらぶじゃん。窓からその川がよく見えるから、朝、一緒に歩いてみるか？」

「うん」

「じゃあ、行くか」

「…………」

「ごめんな、写真とかは持っていけないんだ」

「おとまりのおきがえも？」

「うん」

家の中の物を動かしたり、持ち出したりすれば、この家に誰かが侵入したとすぐに分かってしまう。再び、国軍や警察がこの家に入った時に、気づかれてしまう。

「そのかわり……、っと、その前に、ちょっと下ろすな？」

ヨキを床へ下ろして、携帯電話で家族写真をぜんぶ写す。

あとでこれをプリントアウトすればいい。

「アオシ」

「うん？」

「ありがとう」

「お礼はパパたちに会えてからな」

ぎゅっとしがみついてくるヨキと仔虎《ことら》の尻尾に、アオシは顔をくしゃりとして笑った。

【2】

翌日の昼過ぎに自宅へ帰ってきた。

帰りの道中にあるダイナーで朝食を摂《と》りつつ、郊外のショッピングモールがオープンするまで時間を潰し、ヨキのチャイルドシートや着替え、玩具《おもちゃ》や絵本、子供用の食器、当面必要なものを買いそろえ、ヨキの好みそうな食料などの買い出しも済ませてから帰宅した。

自宅は、新市街地の川沿いの住宅街にある。

ナツカゲの持ち家で、地下一階と地上二階の三階建ての一軒家だ。

家の外観や周辺の景観は、新市街地にしては珍しく古めかしい。自宅を含め、この一帯は百年を超える築年数の建造物ばかりで、赤茶けたレンガ造りの建物が密集している。自然も多く、高層ビルなどはない。物静かな風情があって、川沿いからの眺めはアオシもナツカゲも気に入っていた。

自宅は、川に面した正面玄関のほかに勝手口がある。自宅横の小路を入った右手がその勝手口で、それを横目に通り過ぎてまっすぐ小路を抜けると、裏庭や駐車場に回れる構造になっていた。川沿いの通りとは反対の、自宅の裏が庭と駐車スペースだ。そこに、いま乗って帰ってきた車と、アオシが多用するバイクを一台停めている。

ナツカゲは、アオシがバイクに乗るのを危ないと反対するが、このイルミナシティでは小回りのきくバイクが便利なので、アオシは重用していた。

裏庭は、アオシもナツカゲもどちらも手入れしないので植物は植えていない。この家が建てられた時の石畳のままだ。リノベーションは最低限に抑え、昔ながらの装いを大切にしている。こぢんまりとしていて、閑静な住宅街という雰囲気も相まって、仕事で疲れた心身を落ち着けるには最適の土地柄だった。

「ヨキ、着いたぞ」

小路のなかほどにある勝手口で車を停めて、荷物とヨキを下ろし、アオシが続く。

「ここ、おうち?」

「そう、自宅兼仕事の事務所」

アオシがヨキに家を案内する間に、ナツカゲは荷物を家へ運び入れる。

ヨキも、買ってもらったばかりの自分の絵本を大事そうに抱えていた。

「地下には、食糧庫とか仕事道具の倉庫とか、川に停めてある船に乗る地下通路がある。鍵《かぎ》かかってるけど、地下は危ないから入る時は俺かナツカゲさんと一緒な?……で、一階はメシ食うとこ、のんびりするとこ、台所とバスルームとランドリールーム」

「ヨキはどこに寝るの？」

「あー、そうだな～……二階の主寝室は物置になってるし、使ってない部屋を掃除するにしてもちょっと時間かかるから、それまでは俺の部屋か、ナツカゲさんの部屋だな」

「アオシとナツカゲは一緒のお布団じゃないの？」

「……一緒のお布団じゃないな……」

「どうして？」

「どうしてって……恋人じゃないし、伴侶《はんりょ》じゃないし、つがいじゃないから」

「そっかぁ」

「それより、屋上にテラスがあるんだけどさ……」

「ヨキ、屋上すき！　ひなたぼっこしたり、みんなで毛づくろいしたり、おひさまぽかぽかの時にお弁当食べたり、夜、おほしさま見たりするの！　アオシもナツカゲとする？」

「しないなぁ」

「そっかぁ……ヨキのおうちはするんだよ」

「仲良しな家族だな」

アオシは、楽しそうに家族のことを語るヨキの頭を撫でる。

アオシとナツカゲは、恋人でなければ伴侶でもなく、つがいでもなく、ましてや家族でもない。同じ屋根の下に暮らして六年になるが、ひなたぼっこはおろか、一緒にのんびりしたこともないし、食事すら別々のことが多い。

お互いに、好きなように生活して、好きなように生きている。

仕事にかんしては息も合うし、これで上手くいっている。

この関係性になるまでに、随分と時間を要した。

出会い頭の最悪な状態から、やっとこの距離感に落ち着くことができた。

アオシは、これ以上は望まないし、望めない。

それになにより、やっと落ち着いてきたこの関係を乱したくないし、発展させることも望んでいない。アオシはこれで充分だった。

「おじゃまします」

お行儀よく挨拶《あいさつ》して、ヨキはリビングへ足を踏み入れる。

この家は、最初、ナツカゲが一人暮らしをしていたから、基本的には獣人の体格にあわせた仕様になっている。

人間用の建物よりもサイズが大きくて、間取りも広々としている。窓も大きいし、食器や電化製品、風呂、ソファやダイニングセット、ベッドももちろん獣人サイズだ。

天井が高く、間口は広く、一部屋の区分が獣人用で、人間とは別規格になる。

そこに、あとからアオシが転がり込んできたから、ナツカゲが日曜大工で手直しして、人間のアオシでも不便なく暮らせるようにしてくれていた。

そういった事情もあってか、この家は、獣人と人間の親が暮らしているヨキの家とよく似た雰囲気があるらしい。

ヨキは、「ヨキのおうちもね、パパの靴とかね、椅子《いす》とかね、おっきいんだよ！」と目を輝かせて教えてくれた。

「ヨキ、手洗いうがいするなら洗面所はこっち。腹空《す》いてるか？　……どうした？」

ヨキがきょろきょろするので、アオシはヨキの目線にしゃがみこみ、ヨキと同じものを見る。

「ナツカゲは？」

「あー……自分の部屋に行ったんじゃないか？」

アオシがヨキに部屋を案内する間に、ナツカゲは買い出しの荷物などを片づけてくれて、自室へ入ったらしい。

昨夜《ゆうべ》の仕事を反故《ほご》にしてしまったので、その件についてナツカゲから依頼主へ連絡し、処理してくれているのだろう。ついでに、ヨキについての情報収集も始めているはずだ。

こういう時、ナツカゲは仕事が速い。

「おかえり、アオシ」

ヨキがアオシをぎゅっと抱きしめて、ちゅ、と頰《ほお》にキスする。

「……ただいま？」

「おしごとおつかれさまです。……アオシも、ヨキにおかえりって言って？」

「あぁ、うん、そうだな、おかえり、ヨキ」

ヨキがしてくれたように、抱きしめて頬にキスする。

久々に、誰かと「ただいま」や「おかえり」と声をかけあい、ハグをした。

アオシとナツカゲはそういう言葉をかけあうことはない。同じ仕事をしているから、帰宅も大体同じくらいになるし、改めて、「おつかれさん」と労《ねぎら》うこともない。

ハグなんて、生まれてこの方、一度もしたことがないし、それぞれが家に入るなり無言で別々に行動する。

アオシとナツカゲは、日常を過ごす部屋や寝室もすべて分けていて、同じ空間でほとんど一緒に過ごさない。バスルームも各々の部屋にあるから、かろうじて共用しているのはキッチンくらいのものだ。

「ヨキの家は、ただいまとおかえりって声かけあったり、おつかれさまって言ってハグするんだな」

「うん！　家族みんなでぎゅーって固まって、いっこの群れになるの」

「そっか、家族で一個の群れか、いいな」

そういう家族のもとで育ったヨキからすると、アオシとナツカゲは仲が悪いように見えるのかもしれない。

ナツカゲがすぐに部屋へ入ってしまったことも、アオシからすれば、ヨキの家族を捜す為《ため》や、昨夜の事後処理の為だと分かるが、ヨキにしてみれば素っ気なく映り、個人的行動が目立って、愛情も思いやりも会話もなく、寒々しく感じるのかもしれない。

アオシとナツカゲは、二人ともいい年をした大人で、生活習慣もバラバラで、人間と狼獣人で、仕事以外に接点はないし、共通の趣味もない。互いにあまり関心を持たずに生活しているのは確かだ。

……というよりも、アオシがナツカゲを遠ざけている。それを察して、ナツカゲも仕事以外ではあまりアオシに近寄らないように配慮してくれている。それが、二人の関係を表す正しい表現だ。

アオシにも、ナツカゲにも、過去はある。

二人とも、あまり良い家庭環境で育っていない。

金銭的に困窮したことはないし、空腹に飢えたこともないし、どちらかというと、なに不自由なく生活してきたが、家族と他愛《たわい》ない話をしたり、ただいまやおかえりと声をかけあったり、ハグをしない環境で育ってきたのは事実だ。

アオシも、ナツカゲも、愛情表現に乏しいとアオシは思っている。

世間話もほとんどしない。

仕事以外では相談事もしない。

仕事の収入は、一旦、会社の口座に入って、ナツカゲが管理し、そこからアオシが給料をもらっている。給料から、家賃と水道光熱費、保険料や税金を引いてもらって、食費や個人にかかるものは自分で出している。

経理や保険、税金関係の難しいことは、ぜんぶナツカゲが処理している。ナツカゲに任せておけば間違いがないし、そもそも、会社はナツカゲ名義だから、アオシには口出しする権利がない。

アオシは、あくまでもこの家の間借り人であり、会社の雇われ人だ。

ナツカゲと対等な関係ではない。

それは、生まれた時から決まっていることだ。

だから、ヨキの家とは、きっと正反対なのだろう。

アオシとナツカゲのあり方は、幼いヨキにしてみれば、「自分のせいで二人は仲が悪いの？」と狼狽《うろた》えてしまうような、そんな家族観に見えるのだろう。

そんなふうに不安を感じとってしまうのだろう。

「俺とナツカゲさんはこれで普通だから。……っと、泣くなよ。ほら、昨日の晩からなにも食ってないんだろ？　なんか食うぞ。それから、ちょっと昼寝しろ」

「ん」

ぐしゅぐしゅ。涙が溢《あふ》れそうな両目を小さな手で拭って、頷く。

こういう時には抱きしめてやればいいのだろうが、アオシはこの小さな生き物をどう抱きしめればいいのか分からず、親が子に与えるような優しい言葉や話し方も分からず、しゃくりあげるヨキの隣にじっと寄り添うしかできない。

これればかりは、どんな資格をとっても、たくさんの子供と接してきても、どれだけ勉強しても、いつも難しくて、上手にできなくて、ナツカゲに頼ることが多かった。

ヨキはこんなに小さいのに、知らない大人の、それも、会話もほとんどない静かな家に連れてこられて不憫《ふびん》だ。一刻も早く家族を見つけよう。改めてアオシはそう思った。

＊

「ほら、ヨキ、このなかで食えるもんあるか？」

アオシはヨキを抱き上げ、冷蔵庫のなかを見せた。

「……ほっとけーき、すき……」

「あー……そんなこと言ってたな。さっきスーパーで買い物した時、ナツカゲさんに作ってってお願いしてたよな？」

「ナツカゲ、買ってくれた」

「じゃ、あとでナツカゲさんに作ってもらおうな」

「アオシは？　ホットケーキ焼かないの？」

「俺、料理も掃除も家事もできない」

アオシは、ホットケーキミックスのパッケージの裏面に書いてある材料を見て、冷蔵庫から卵と牛乳を取り出す。

「ヨキ、自分のお部屋のおそうじ、どようびに、パパとおにいちゃんに手伝ってもらって、自分でするよ」

「えらいな～……ふぁ、あぁあ……」

昨日の朝早くからずっと起きていたせいか、アオシは大きな欠伸《あくび》をして、ホットケーキの材料をキッチンのアイランドテーブルに並べる。

ヨキのパパとやらは気の利く男のようで、ＩＣカードの付属情報に、食品や薬品のアレルギーの有無、かかりつけ医などの連絡先も記録してあった。

「ヨキはなんでも食べられるよ！」

「えらいな～……」

のんびり会話していると、ナツカゲがキッチンに顔を出した。

アオシが料理の支度をしているのを見て驚いている。それもそうだろう。アオシはこの家で暮らして六年になるが、一度もこの家のキッチンに立ったことがないし、料理をしたこともない。

「ナツカゲさん、依頼先に連絡とれました？」

「あぁ、さっきようやくな」

「……揉《も》めましたか？」

「それが、そうでもなかった。なんでも、依頼先も孫受けらしくてなぁ……、子供がらみの仕事とは聞いていたが、犯罪に加担するつもりはなかったらしい。いま、元請けと連絡をとってもらってんだが、状況次第ではあっちも手を引くとよ」

ナツカゲも大欠伸をして、ホットケーキミックスの箱を抱きしめるヨキの頭を撫でる。

アオシたちに仕事を依頼してきたのは、長年、懇意にしている護衛業の仲介業者だ。人や物資を守ることを大前提に掲げるまっとうな会社で、裏社会や闇《やみ》社会を相手にする商売はしていない。子供の誘拐にかかわったとなれば、会社のイメージを損なう。

ナツカゲから連絡をもらった依頼先は元請けの会社に連絡をとっているらしいが、おそらく、のらりくらりと躱《かわ》され、有耶無耶《うやむや》にされて終わるだろう。

昨夜、ヨキを受け取るはずだった誰かが旧ルペルクス邸で待っていたはずだが、そちらから、「荷物が運ばれてこない」という苦情は入っていないらしい。

ということは、受け取り側は、荷物がヨキという生き物で、それが犯罪だということも自覚しているから、表だって文句を言ってこないということだ。

「……迷惑かけてすみません」

　アオシはナツカゲに頭を下げる。

　依頼先も手を引く案件とはいえ、契約違反は契約違反だ。依頼先からも、「もうすこし穏便に物事を運んだり、先にこちらに連絡できなかったのか」と小言を言われたはずだ。

　なのに、ナツカゲはいやな顔ひとつせず、小言や文句をもらったことについても愚痴を漏らさず、アオシの望むがままに、ヨキを助けることを手伝ってくれている。

「いちいち気にするな、いつものことだ」

「でも、いつも助けてもらってるから、余計に……」

「申し訳ないとか言うなよ。お前の無鉄砲には慣れてるし、子供を守る姿勢については尊敬してる。好きなようにやれ。これは、俺の仕事でもあるんだ」

「……すみません」

「それと、情報屋に情報収集を頼んでおいた。かかりつけ医にカルテがあるし、ヨキは目立つ容姿してるからな。その筋を辿ればすぐに親の居所も判明するだろうよ」

「すみません、ありがとうございます。……あの、ナツカゲさん、なにしてるんですか？」

　ナツカゲは冷蔵庫から取り出した小瓶のビールを直飲《じかの》みしながら料理を始めている。

「ホットケーキ作るんだろ？」

　ナツカゲはキッチンに並べられた材料を見やる。

「……そうなんですけど……」

「まさか、お前が作るのか？」

「……失敗するんで作らないです。ただ、ナツカゲさんにお願いするだけなのは申し訳ない気がしたので、せめて材料だけでも用意しとこっかな……って」

「貸せ。お前、ホットケーキの作り方どころか、皿の場所もフライパンの置き場も知らんだろ」

ナツカゲは苦笑して、手を洗うなり調理器具を収納から取り出した。

「ナツカゲ、ヨキにホットケーキつくってくれるの？」

「おう、すぐ作ってやる」

大きな手で卵をガラスボウルに割って、フォークで器用に掻《か》き混ぜる。

「あ、っと……じゃあ、俺ちょっと、自分の部屋行ってきます。ヨキの寝る部屋なんですけど、とりあえず俺のベッドで寝させようと思います。シーツとか交換するんで、ここ、お願いしていいですか？」

アオシは、ただ黙ってナツカゲがホットケーキを焼く姿を見ているのは手持ち無沙汰で、なんだか居心地の悪さを感じた。

「分かった」

「すみません、お願いします。……ヨキ、ナツカゲさんがホットケーキ焼いてくれてる間に俺の部屋でヨキの寝る準備するぞ」

「ほっとけーき焼けるの見ないの？」

小首を傾《かし》げながら、ヨキはナツカゲの脚にしがみついて、背伸びしている。

「……それ、見たいもんなのか？」

「焼けてぷつぷつして、おつきさまの表面みたいになるのすき」

「……分かった」

しょうがなしに、アオシはヨキを抱いてナツカゲの隣に立ち、無言でホットケーキが焼けるのを見守った。

ヨキはご機嫌で、尻尾をぱたぱたして前のめりになって見ている。

アオシは、意味もなくナツカゲの隣に立つのがなんだか居心地が悪くて、つい、自然と一歩後ろへ下がってしまう。そうすると、ヨキが、「見えない」とアオシの腕に巻きつけた尻尾を、きゅっと強くするので、また元の位置に戻る。

「……すまん」

「すみません」

ナツカゲと、肩と肩が触れあう。

アオシはあからさまに身構えて、後ろに足を引いて逃げてしまう。火元から離れられないナツカゲは表情ひとつ変えず、できる範囲で体を斜めにしてくれる。

ナツカゲの体温が分かるくらい触れたのはいつ以来だろう。

仕事上でも、触れあうことは皆無に近い。

いまみたいに不意にナツカゲと接触してしまうと、心臓が締めつけられて、喉《のど》の奥がきゅうと詰まり、切ないような、恐ろしいような、息が止まりそうな、恐怖のあまり涙が溢れてしまいそうな、なんとも喩《たと》えがたい不思議な感覚に苦しめられる。

すごく、不思議な感じだ。

こんなに近くで、昼間の陽射しに照らされたナツカゲの横顔をじっと見つめるなんて、たぶん初めてだ。このキッチンの小窓から差し込むやわからな陽射しを受けると、この人の毛皮はこんなふうに輝いてきれいなのだとアオシは初めて知った。

「……ふぁふぁね～」

ヨキがナツカゲの後ろ頭の鬣《たてがみ》を撫でている。

「……っと、ヨキ、あんまり身ぃ乗り出すな」

「ほら、ふあふあ。アオシも、ふぁふぁ」

むふっ、と顔面からヨキがナツカゲの鬣に埋もれる。

ヨキの体がナツカゲのほうへ傾くから、アオシもつられて一緒にもふっと埋もれてしまう。アオシは慌ててナツカゲから離れて、「俺はいいから。……それより、ヨキ、ホットケーキの月面見るんだろ？」と、ヨキの意識をフライパンへ戻した。

そうして月面を見るフリをしながらも、アオシの意識はそれ以外のところにあった。

初めて、ナツカゲの鬣に顔面を突っ込んだ。すごく、もふもふしていた。ずっしり、しっとり、ふかふかのふぁふぁ。それでいて顔全体をしっかり包み込んで受け止めてくれて、程好く弾んで……息苦しいと感じるより先に顔を上げてしまったけれど、息を吸った瞬間に、すごくイイ匂いがした。

どうしよう、こわい。

心臓がどきどきして、苦しくて、息ができない。

「……ナツカゲさん」

「おう、どうした？　もう焼けるぞ？」

「それ焼けたら、ヨキに食わしといてください。俺、ベッドメイクしてきます」

ヨキをナツカゲの足もとに下ろして、自分の部屋へ逃げ込んだ。

得体の知れないこの感情を殺そうと、頰の内側を嚙《か》んで誤魔化《ごまか》した。でも、匂いの記憶だけは消せなくて、鼻腔《びこう》に残るナツカゲの匂いを反芻《はんすう》して、言葉にならなくて、ぼふっ！とベッドに倒れ込んでクッションに顔を埋《うず》め、「……いいにおいした」と呟《つぶや》く。

呟いて、クッションに擦《こす》りつけるように顔を横に振って、目を閉じて、もう一度、あのふかふかを思い出して、ゆっくり、じっくり、堪能《たんのう》して、それから、ぞわぞわと這《は》い上がってくる恐怖や鳥肌で「……なにやってんだよ、俺」と冷静になる。

冷静になったらベッドから起き上がり、シーツを剝《は》いで新しいものと交換して、頭を冷やす。

あの人に触れられるのもこわいくせに、あんなことでドキドキして、匂いのひとつでこんなに興奮して……、自分の感情ながらわけが分からない。

なんでこんなにテンションが上がってしまったのだろう……。そう考えて、「あぁそうだ、あの人がこわいのに、六年ぶりにあの人に触れて、混乱して、感情と感覚がめちゃくちゃになったんだ」と結論づける。

「アオシ、いいか？」

ナツカゲが、廊下からドアをノックしてきた。

「……はい、もう終わりました。どうかしましたか？」

アオシが部屋を出ると、ナツカゲは、ドアの対面にある壁際まで後退してアオシと距離をとってくれる。

ナツカゲの足もとには、ぶっ！　とふくれっ面のヨキがいた。

ヨキは無言でアオシの手を引いてキッチンへ向かい、ナツカゲがその後ろに続く。

アオシがキッチンへ戻ると、テーブルにはホットケーキを乗せた皿があったが、手をつけた形跡はなく、ナツカゲはまたコンロの前に立ってホットケーキを量産し始めた。

「ヨキ、なんで食ってねぇの？」

「待ってたの！」

「……なんで？」

「みんなで一緒にホットケーキ食べたいのに、お前がよそへ行っちまったから、ヨキはお前が戻ってくるの待ってたんだよ」

ナツカゲが、ヨキのふくれっ面を説明してくれる。

「みんなで一緒って……そんな面倒な」

「ごはんいっしょ！　おふろもいっしょ！　おかいものいっしょ！　ねるのもいっしょ！　あそびにいくのもいっしょ！　……おトイレは別でもいいよ」

ヨキは、ぽわぽわの尻尾でめいっぱいアオシを叩く。

「えぇ、ごめん……、そんな怒んないで……」

アオシは、ヨキのその様子に戸惑う。

アオシの実家は、アウィアリウス家という狼獣人の一族に仕える人間の家系だ。

主家であるアウィアリウス家を一番に考える家長の父、その跡継ぎの兄、親族一同が、主家の屋敷が建つ領地の一角に土地を与えられ、そこで暮らしていた。

アオシの一族はみな、主家に仕えることを第一と考える家風と思想で、家族そろって、なにかする家ではなかった。例外なく、アオシも、食事も、家族団欒《だんらん》も、買い物や旅行などに出かけることも、遊ぶことも、家族でしたことがなかった。

そんな家で育っているからか、他人と食事を共にするのは慣れていない。もう何年もナツカゲと一緒に暮らしているけど、この家の同じ食卓に着いたこともない。

仕事中に食事を摂るにしても交代で食べるし、車中でそれぞれ軽食を摂ったりすることはあるけれど、わざわざ時間を示し合わせて一緒に食べることはない。

ナツカゲは料理ができるから、時々、作り置きを作ってくれたりする。アオシがそれを食べることはままあるが、同じ食卓に着くとアオシが身構えてしまうので、ナツカゲは席を外してくれる。

当然のことながら、風呂も、買い物も、寝るのも、一緒にしない。オフの日に一緒にどこかへ出かけたこともない。他人同士なのだから、そんなものだ。

「かぞくはいっしょ……パパとおとうさんとおにいちゃんとヨキ、いっしょなの……」

しくしく、めそめそ。ヨキの垂れ目に涙がじわじわ。目の縁の桃色の粘膜が赤くなって、目元の短いぽわぽわの毛が涙でしっとり濡《ぬ》れ始める。

「……泣くなよ、分かったから。一緒に食えばいいんだろ」

アオシはヨキを膝《ひざ》に抱いて、ダイニングテーブルの椅子に腰を落ち着けた。

ナツカゲが焼きたてのホットケーキをアオシとヨキの前に置いて、溶かしバターをたっぷりかけて、ナイフを入れて一口サイズにカットしてくれる。

「あのね、ヨキは、はちみつ食べたらだめなの」

「じゃあメープルシロップか？」

「ううん、バターだけがすき」

涙をじわじわさせたまま、ヨキは買ってもらったばかりの子供用フォークを握る。

ホットケーキを作る合間に、ナツカゲが洗って使えるようにしてくれたらしい。

「ナツカゲ、ここ」

「……分かった」

ヨキに請《こ》われて、ナツカゲは椅子を引いてアオシの隣に腰かける。

二人用の四角いダイニングテーブルの一辺に、獣人と人間が並んで座ると、膝はくっつくし、肩は触れあうし、体温だって分かる。

ナツカゲは窮屈そうだが、不満はなさそうだ。でも、アオシを気遣ってか、アオシに極力触れないように、ダイニングテーブルの脚を両足で跨《また》ぐ位置に椅子を置き、テーブルの四つ角のひとつに体の正面がくる恰好《かっこう》で座っている。

「あーんして」

「あー……」

ヨキに言われるがままに、アオシが口を開ける。

「つぎは、アオシが、ナツカゲにあーんしてあげて」

「えぇ……なんで？」

「なかよしして」

「分かった、分かったから……尻尾で顔面叩くなって……ナツカゲさん、はい……」

しょうがなしに、アオシはホットケーキをナツカゲの口元へ運ぶ。

狼の大きな口が、がぶりと豪快にホットケーキを頬張った。

「次は、ナツカゲがヨキにあーん！」

「分かった分かった」

ナツカゲは、なんだか楽しそうに尻尾を揺らしている。

この人、こんな一面もあったんだな……。椅子の背凭れの向こうで揺れる狼の尻尾を見ながら、アオシはそんなことを思った。

その日から、ヨキの言うがままに生活することになった。

ホットケーキなんかまだ序の口で、強制的に朝食を一緒に摂るようになって、当然のように、昼食も、夕食も、果てには朝の川沿いの散歩も三人で一緒にする破目になって、

……アオシとナツカゲの生活は劇的に変化することになった。

＊

ヨキを手元に置いて一週間が経過した。

最初の依頼先からは、「相手と連絡がとれない。とある方面から圧力もかけられている。その相手は教えられないが、とても大きな権力だ。君たちには大変申し訳ないが、こちらは深入りしないと決めた。君たちも身辺には充分気を配ったほうがいい」と報告があった。

この件にかんしては、依頼先からこれ以上の情報を得られないと判断して、お互いに、「依頼内容を精査せず、質の悪い仕事を回して申し訳ない。条件の良い仕事があったら優先して君たちに回す」「頼む」という会話で、円満に和解して終わるしかなかった。

ナツカゲが上手く交渉してくれたおかげで、取引先と揉めずに済んだのは確かだ。

依頼先からの情報入手が困難だと判明するのと入れ替わりに情報屋から連絡があった。

この一週間、ICチップから得たヨキの情報や、かかりつけ医のカルテなどから調査をかけたが、それらのどこを探っても、ヨキの家族の行方は知れず、連絡も取れず、完全にお手上げ状態だった。そんな時に、情報屋からの連絡だ。これこそ渡りに船だった。

「俺が行ってきます。虎の子のヨキと狼のナツカゲさんが昼間に出歩いてたら目立つでしょ。ついでに買い出しとかもしてきます」

アオシはバイクのキーを片手に、出かける支度をした。

「バイクはやめて車で行け」

ナツカゲが車のキーを投げて寄越したが、アオシは、「万が一の時、ナツカゲさん、ヨキを連れてバイクは乗れないでしょ」とキーを投げ返した。

相変わらず、ナツカゲは、アオシがバイクに乗るといい顔をしない。

事故った時に危険だから、というのが理由らしいが、小路の入り組んだこの古い街並みではバイクのほうが利便性が高いので、アオシは今日もバイクを選んだ。

今日、アオシが会うのは、普段から懇意にしている情報屋とは違い、裏社会に精通している情報屋だ。ナツカゲからその情報屋に連絡したのではなく、「その子供に心当たりがある」と情報屋のほうから接触があった。

モリルという名の情報屋で、ナツカゲやアオシも名前くらいは聞いたことがあった。

そのモリルとは、旧市街地にあるカフェで待ち合わせることになっている。

カフェでそれらしい人物を見つけられなかったので、アオシが「待ち合わせ」とギャルソンに声をかけると、すぐに奥まった席へ案内された。

席には、小さなクラッチバッグを持った女がいた。

ゆったりした長袖のサマードレス姿で、履いているだけで足の骨が変形しそうなヒールで足もとを装い、長い足を優雅に組んでいる。ゆるやかに波打つストロベリーブロンドを夏らしくアップにして、翡翠《ひすい》と鼈甲《べっこう》の髪飾りでまとめていた。よく見ると、扇子や宝飾品も髪飾りとそろいのシノワズリ風で統一されている。

一度見たら忘れられないタイプの、悪魔のように美しく、けばけばしい生き物だった。

「ごきげんよう、モリルよ」

暗めの赤の口紅で彩った唇で、モリルは微笑《ほほえ》んだ。

「どうも、アオシです」

アオシは対面の席に腰かける。

「ねぇ、アタシ、ふと気づいたのだけれど……あなたとアタシがこうして人目を忍んで待ち合わせてるこの状況、よその人が見たら、きっと、有閑マダムと若くて可愛《かわい》いツバメの密会現場だと勘違いするわよね」

「…………はぁ」

「そういうの、……モリル、満更でもないわ。坊や、アタシに一晩身を任せてみない？」

「任せないですね」

「…………モリル残念」

「なんかすんません」

本当に残念そうに肩を落とすから、アオシは頭を下げる。

「いいのよ、気にしないで頂戴《ちょうだい》。モリル、振られるのには慣れてるから」

「そうですか。なんかそんな感じします」

「アンタ、ちょいちょい失礼ね。こういう時は、こんな美人さんなのに振られるんですか？　もったいないなぁ、俺だったら放っておかないのに、とか適当におべっか言うもんよ。教えてほしいこと教えてあげないわよ」

「……すんません」

机の下で、モリルに足をぐりぐり踏まれる。

「ま、いいわ。……で、坊やのところで虎の子を保護してるのよね？」

「そっちは、どこからその情報仕入れたんですか？　そちらさんにはそういう情報流してないはずですけど……」

「こっちはこっちで依頼を受けて、虎の子を探してたのよ。そしたら、アンタたちが情報に懸賞金かけてるって話を聞いてね、もしかして……って思って声かけたらビンゴよ」

「賞金目当てですか？」

「違うわよぉ。……といっても、信頼関係のない商売相手になに言っても無駄よねぇ」

「そうですね。でも、とりあえず情報交換だけしときますか？」

「そうね。……じゃあまずアタシから。アタシは、ヨキの家族のことをよく知っていて、連絡もとれるわ。あなたは？」

「俺はその虎の子を保護してます。すげー元気にしてて、ホットケーキはバターのみ、はちみつナシで食べてます」

「ヨキのパパは青虎族で、もふもふの鬣が立派で、ヨキはよくそこに埋もれてるわ。お父さんはとっても美人で口元にホクロ。お兄ちゃんは賢くて可愛い兎さん。家族でレストランで食事を楽しんだ日の夜、何者かの襲撃を受けたわ」

「ヨキのお父さんはすぐ泣くし、すぐハグするし、小鳥みたいに愛情表現するらしいですね。兄ちゃんは砂場で砂漠の実験とかしてくれたらしいです」

モリルとアオシは、ヨキとその家族を知る者しか知らないであろう特別な情報を出し合って、お互いが信用に足りうるか証拠を出し、確認し合う。

これで完璧《かんぺき》に信用できるとはお互いに考えていない。

モリルはモリルで用心深く、アオシはアオシで用心深い。

お互いに信用を得て、一刻も早く家族を引き合わせたいと考えているけれど、もし、目の前にいるお互いが敵で、これが罠《わな》だったら……ヨキやその家族を傷つけることになる。

そう考えると、どちらもが慎重にならざるを得なかった。

「もし、そちらの両親が俺たちと接触したいなら、連絡はここに。こちらの仕事はもう調べてるんでしょうけど、護衛業です。ヨキを両親のところまで護衛して、安全に親元に送り届ける心づもりがあります」

アオシは、仕事用の連絡先が印字されたカードをモリルに手渡す。

「確かに受け取りました。数日のうちに連絡が入ると思うわ」

「すぐに会いに来ないんですか？」

「ヨキには内緒にして頂戴よ。……ヨキのお父さんが怪我したのよ」

「自宅に血痕が残ってました」

「あぁ、家まで行ったのね。……なら、話が早いわ。いま、ヨキの家族は身を潜めてる状況でね、連絡があっても短い通信ばかりだから詳細を聞くほどの時間もないの」

「ヨキのお父さんの怪我は深刻なんですか？」

「命に別状はないけど、歩けないらしいわ。パパのほうは、家族の安全を確保しつつ、家族を狙《ねら》った人たちとの問題を片づける為に奔走中よ。ちなみに、このあとアタシを尾行しても無駄。アタシも、ヨキの家族の居場所を知らないから。向こうから定期的に連絡がくるだけで、こちらからは連絡のしようがないの」

「分かりました。そちらから連絡がくるまでヨキはこちらで守ります」

「よろしくお願いね。……あ、そうそう、おたくらを雇う代金はおいくらかしら？」

「護衛対象者の置かれている脅威レベルによりますけど、ヨキの場合、経費別で、こちらの社員一人あたり一時間二万、終日二十四万。深夜早朝割増料金はナシにしときます」

「あら良心的。とりあえず二週間、二名で頼むわ。そちら二人組でしょ？」

モリルはその場で小切手を切った。

「モリルさんが払うんですか？」

「あとでパパとお父さんから回収するのよ。あの両親、子供たちの為なら一切お金を惜しまないから、このくらいどうってことないわ」

モリルはいたずらっぽく笑って、席を立った。

女性が席を立つので、アオシも席を立ち、モリルを見送る。

「アンタ、妙なところで育ちがいいのねぇ。そういう躾を受けてきたのかしら」

「……どうも」

モリルに詰め寄られて、じっと瞳を見つめられる。

迫力のある美人に迫られて、アオシは一歩後ろに腰が逃げた。

「アンタ、イェセハラ家の出身ね。……アウィアリウス家の飼い猫一族。あの狼貴族サマに飼育されてる子猫ちゃんでしょうに……よく放し飼いにしてもらってるわねぇ」

「見たら分かるんですね」

「そりゃ分かるわよ。その白っぽい銀色の、きらきらした瞳と髪。男前の、きれいな顔。高身長で、足が長くて、程好く筋肉が乗っていて、強くて、丈夫で、狼獣人が好む体つき。アウィアリウス家の飼い猫の特徴そのままじゃない。……でも、あなた、野良ネコでしょ？　よくもまぁいままで誰とも番《つが》わずに無事でいられたわね」

「いちおう、保護者がいるんで」

「あぁ、そう……旦那《だんな》がいるのね。道理で……狼の匂いがすると思ったわ」

「旦那じゃないですけどね。……匂い、しますか？」

「するわよ。とっても強いオス狼のにおい。アンタ、随分と守られてるのねぇ」

「自分じゃ分かんないですね」

「一緒に暮らしてるんでしょ？　匂いに慣れて分かんなくなるのよ」

モリルはすんと鼻を鳴らして、「余計な話をしたわね。……ま、そういうわけで、お先に失礼」と手を振り、店を出た。

モリルの姿が見えなくなってから、アオシは自分の服の袖口に鼻を当てて匂いを嗅いでみたが、よく分からなかった。それからアオシも店を出て、ナツカゲに電話をかけ、モリルから得た情報を説明し、「食料の買い出ししてから帰ります」と伝えて電話を切った。

その電話に実兄からの着信があることに気づき、気乗りはしないが折り返すと、「会って話そう」ということになったので、新市街地の公園までバイクを走らせた。

公園の外周に駐車している車の列から、兄の高級車を見つける。

兄の車といっても、主家であるアウィアリウス家が兄に買い与えた車で、兄自身が自分で購入したものではない。

「どうも」

アオシは、その車の傍《そば》にバイクを停めて、助手席に乗り込んだ。

兄の顔は見ない。アオシは、兄も、父も、自分の一族も、全員嫌いだった。

兄であるエイカもアオシの顔を見る気はないようで、運転席に座って前を見たままだ。

「もう六年だぞ、そろそろ諦《あきら》めろ」

エイカは、面倒そうに口を開いた。

月に一度は顔を合わせる取り決めだが、実家を出てからのこの六年で、「元気にしているか」と尋ねられたことは一度もないし、アオシからも一度も尋ねたことはない。

「…………」

「諦めないのなら、病院へ行って、腹に人工子宮を仕込んで、ナツカゲ様に頭を下げて体外受精でもなんでもして子を孕ませてもらえ。なんの為に、お前の勝手を六年も見過ごしてやってると思ってるんだ。お前がナツカゲ様の繁殖相手だからだろうが」

エイカは口早に言いたいことだけを言うと、わざとらしく溜《た》め息《いき》をつく。

忌々しい弟にさらに失望したと言いたげな様子だ。

エイカは主家に仕える己を誇りにしているから、弟のアオシが主家のプラスにならない行いばかりするのが目につくのだろう。

この人は、相変わらずだ。

他人事のように、アオシは、エイカの言葉を右から左へ聞き流す。

「ナツカゲ様はご息災か」

「ふつう。元気にしてる」

そう答えると、エイカは、「主家の方には正しい言葉遣いをしろ」と睨《にら》んでくる。

アオシが素知らぬ顔でいると、続けて、「ナツカゲ様にご迷惑をかけぬようにしろ。きちんとナツカゲ様のお身の回りのお世話をして、何事も過不足なく、差し出がましくないよう弁えて、万全の配慮を怠るな」と説教してくる。

洗濯も掃除も料理も洗車も日曜大工も銀食器を磨くのもぜんぶナツカゲさんがやってるって言ったら、この兄は発狂するだろうなぁ……と、そんなことを考えながら、アオシは手の中で意味もなく携帯電話を触って遊ぶ。

今朝《けさ》も、ナツカゲにホットケーキを焼かせてアオシは食べるだけだったし、ついでにコーヒーも淹《い》れさせたし、牛乳がもうちょっと欲しいな～……と思っていたら牛乳を持ってきてくれたし、なんなら朝食用のフルーツにスイカも買ってきてくれて、一粒残らず種もとって、ひと口サイズに切って出してくれた。

まぁ、洗剤をぶち込んでスイッチを押したら乾燥までやってくれる洗濯機があるから、さすがのアオシもたまには自分で洗濯くらいする。ただ、アオシがするより先に、いつもナツカゲが洗濯してくれているだけだ。

それに、アオシだって、バイクのメンテナンスと自分の部屋とバスルームの掃除、自分の下着類の洗濯だけは自分でしている。

それだけでは申し訳ないから、共用部分や玄関の溝の掃除、駐車場の石畳のメンテナンスを定期的に行い、毎朝、玄関を掃いたり、靴磨きしたり、買い出しを率先したりするけど、アオシがそういうことをすると、ナツカゲが手放しで喜んで、すごい勢いで感謝されてしまうから、逆に居心地が悪くなる。

ならばと家事の目立たないことをやると、「そんな細かいところまでやらんでいいぞ、でも、ありがとうな」と、毎回しっかり気づかれて、やっぱり感謝される。

結局、アオシが一度でもなにか家のことをしたら、二度目からはナツカゲが業者に依頼したり、ナツカゲ自身がやってしまうから、アオシがあの家でできる用事がちょっとずつなくなっていって、いまでは、自分の身の回りのことだけをする状況に落ち着いていた。

せめて自分のことくらいはしっかりしようと心がけているが、家事分担は、ほぼ十割、ナツカゲに比重が偏っている。ナツカゲはあの家を大層気に入っているから、もしかしたら、居候のアオシにあまりに触られたくないのかもしれない。

「アオシ、聞いているのか」

「あー……」

不機嫌な声を出して、早く説教を終われと暗に示す。

アオシとナツカゲは、過去の事情から、己の実家と絶縁している。

とはいっても、アオシの実家はナツカゲの実家に仕えているし、一族のほぼ全員が同じ街で暮らしている関係から、切っても切れずにいる。

当然、アオシとナツカゲの居場所すら、双方の実家に把握されている。

それはナツカゲも承知のうえだ。

アウィアリウス家の情報網から逃れることはできない。

アオシは、月に一度、兄と面会して近況報告を行い、毎回同じような説教をされることで、この生活を見逃されていた。

ナツカゲがそれを知っているのか、知らないのか……アオシは知らない。

アオシも、エイカと会っていることをナツカゲに報告していない。報告すれば、ナツカゲに迷惑をかける。きっと、ナツカゲは、アウィアリウス家とアオシの実家がアオシに接触しないよう万全の配慮をしてくれるだろう。

ナツカゲは、アオシが実家を出る六年前よりもっと前から、実家と縁を切っている。そんな人に、アオシの為に、わざわざ実家と接触させるのは申し訳ない。

月に一度、くだらない説教を聞きさえすれば、この生活が守れるのだ。

アオシはいまの生活が気に入っている。ナツカゲがどう思っているかは知らないが、アオシはもうすこしこの生活のままでいたかった。

「お前のせいで、親父《おやじ》は責任をとって家長の座を辞したんだぞ」

「いや、それ、アンタらとアウィアリウスが余計なことしてナツカゲさん怒らせたからじゃん」

「黙れ！　お前が失敗したせいで、俺がどれだけ苦労しているか……」

「家長って大変だな、まぁ頑張れよ」

「六年前、お前がおとなしくしていれば……」

「はいはい」

「とにかく、子供だ。子供を作れ。なんとしてもナツカゲ様との間に子をもうけろ。その為に俺たち一族はアウィアリウス家の恩恵を受けて、守られて、のうのうと生きていられるんだ」

「じゃあ、にいちゃんが子供産んだら？」

「俺には人工子宮が適合も定着もしないんだよ！　知ってるだろうが！」

「はいはい」

いまは引退した父の代わりに、エイカが家長の座に就いている。

その重責は如何《いか》なるものか……、主家からのプレッシャーは途轍《とてつ》もないのだろう。

「とにかくっ！　最大限、子を孕む努力をしろ。それが無理だった時は、それならそれで主家も納得してくださる。家へ戻ってこい。お前はまだ若い、ほかにできることがある」

「無理。そっちに帰るつもりないし」

「まだナツカゲ様の世話になるつもりか」

「一緒に仕事してる」

「いい加減にしろ。……いつまでお前の我儘《わがまま》にナツカゲ様を……、主家のご長男を付き合わせるつもりだ。六年も前のことをいつまでもずるずると……ナツカゲ様を加害者にしてそんなに楽しいか」

「話はそれで終わりか？　説教する為だけに呼び出したんならもう帰る」

「お前が次に番う相手が見つかった」

「……はぁ？」

「次の相手はルペルクス家の長男だ。これは主家のご命令であり、ルペルクス家からの要請でもある。覚悟を決めろ。お前がルペルクス家の長男と番うなら、ナツカゲ様もご当主様に許されて実家へ戻れる。……ナツカゲ様ご自身に戻るつもりがなくても、そうなる」

「…………」

ナツカゲは、過去にアオシとの間に発生した事件への申し訳なさから、その贖罪《しょくざい》の意味もこめて、六年もアオシとともに暮らしてくれている。

六年前のその事件がなければ、ナツカゲはアオシと一緒に暮らすことはなかっただろうし、一緒に仕事することもなかっただろうし、六年も一緒に同じ屋根の下で暮らしたりもしなかっただろう。

当時十七歳で、生活能力のないアオシを引き取ったナツカゲも、突然、世間知らずの子供の面倒を見る破目になって、さぞや鬱陶《うっとう》しかっただろう。

それでもナツカゲがなにも言わずにアオシを受け入れ、養ってくれたのは、ナツカゲの罪悪感ゆえだ。

ナツカゲがアオシを傷つけた。

ナツカゲはそう思っている。当時はアオシもそう思っていた。ナツカゲに怯《おび》えて、被害者面して、ナツカゲの罪の意識につけ込んで、六年もナツカゲの世話になった。

「アオシ、お前も本当は分かっているんだろう？」

「………」

エイカの言うとおりだ。

もう、ナツカゲを縛りつけるのはやめなくてはいけない。

アオシの我儘は度を過ぎている。ナツカゲの罪悪感や負い目につけ入って、ナツカゲに六年間という無駄な時間を過ごさせた。

それを考えると、アオシは自己嫌悪に陥る。

でも、いまのこの状況を手放したくないのも事実だった。

ナツカゲと、やっと普通の距離感になれた。

仕事も順調で、大きな問題はなにもない。

エイカは、アオシとナツカゲの間に継続的な肉体関係があって、アオシがナツカゲとの間に子供を作る意志があると信じている。

ただ、通常の性交渉では、人間の男は孕めない。

アオシも、例外なく孕めない。

ただ、アオシの一族は、狼獣人の遺伝子を持っている。

大昔に、アオシの一族の女性がアウィアリウス家の狼獣人と番ったからだ。その血を引く子孫の男子に人工子宮を移植すると、普通の人間よりも人工子宮の定着率が高く、獣人の子を宿しやすい。繁殖力も、一般的な人間の女性よりも高くなる。

そのうえ、狼獣人の遺伝子が混じっているせいか、体格も恵まれていて、身体能力が高く、生命力も強く、体が丈夫で、獣人の子供を産ませるのに適した体だった。

ただ、アオシの一族は、女が圧倒的に生まれない。生まれたとしても、体が弱い。出産に耐えるどころか、狼獣人の子を妊娠したり、腹で子を育てることすら難しい。本来なら、生まれながらに子宮を持つ女を使いたいところだが、それができない。

だから、男のほうを使った。

人間の男に人工子宮を移植させてでも、狼獣人はその総数を増やしたかった。外部の血に頼らず、可能な限り自分たちの遺伝子を保つ状態で子孫を増やしたかった。

もちろん、エイカのように人工子宮が定着しにくい者もいる。一族の男子のうち三十人に一人の割合で、獣人との繁殖に適した遺伝子を持った男子が生まれてくる。

そういった者は、アウィアリウス家の意向に沿って、アウィアリウス家の獣人と番わされる。交配を行い、妊娠して仔を産めば、また次の繁殖相手と番わされる。そのあとは産めなくなるまで、ずっとそれの繰り返しだ。

時には、ほかの貴族に貸し出されることもある。

たとえば、アウィアリウス家と昔から懇意にしているルペルクス家のような特別な家柄だ。ルペルクス家も、血が濃くならないように、時々、よその血を混ぜる考えがある。その際には、子を産ませても文句を言わない者のほうがありがたい。

アオシの一族は、幸か不幸か、アウィアリウスの狼以外の獣人とも繁殖できる適性があった。

そうして、アオシたち一族は、いくつかの特別な家柄の保護を受け、金銭的援助はもちろんのこと住居も支援され、安泰の一生と一族の繁栄を約束されて、飼い殺されてきた。

それが、アオシの一族イェセハラ家の歴史だ。

繁殖の適性を持たないイェセハラ家の人間は、アウィアリウス家の個人秘書や護衛として仕えている。獣人の遺伝子を持っているから、一般的な人間よりもタフで、体力もある。頭脳労働をさせても、それなりの成果を出している。

なにより、長年……、それこそ何百年とアウィアリウス家とともに栄えてきたからか、いまさら、この因縁は切っても切り離せなかった。

アウィアリウス家が破滅すれば、自分たちも破滅すると分かっているからだ。

イェセハラ家は主家から与えられた子会社をいくつも経営しているし、主家のコネ作りの一環として財政界にも進出しているし、軍人にもなっている。アウィアリウス家も、イェセハラ家にはそれなりに使い勝手を見出しているようで、特別に目をかけて大事にしていた。

ナツカゲは、そういう実家がいやで、早いうちに家を出たらしい。

アオシは、実家を出る六年前まで、「うちの実家も、アウィアリウスの家も、かなり頭おかしいな」と思いながらも、主家の決めた寄宿学校に入って、勉強だけはさぼらず、でも生活態度はすこし不真面目《ふまじめ》な学生をやっていた。

その時のアオシはまだ十代で、実家からも、アウィアリウス家からも、詳しいことはなにも説明されていなかった。

けれども、アオシ自身、アオシを取り巻く環境が明らかに異質だということは肌で感じ取っていたし、学校の教師や学友の親といった大人たちがアオシに向ける視線は「うちの娘、息子に近づくな、汚らわしい」と暗に物語っていたし、心ない者がアオシに耳打ちする内容は、「気色が悪い」と拒否感を示さずにはいられない内容だった。

実際、初めてそれを聞いた時は、トイレに駆け込んで吐いたし、人間不信にもなったし、一時期は吐いて戻すのが癖にもなった。

だが、そうしてアオシに余計なことを教える大人は、すぐにいなくなった。

おそらく、アウィアリウス家の意向だろう。あの家の考えや方針の邪魔をする者は、みな、排除されるのだ。アウィアリウス家も、ルペルクス家も、権力を持つほかの家でも、同じような対処をしていたから、きっとそうに違いない。

「とにかく、ナツカゲ様の怒りを解いて、早く孕ませていただけ」

エイカは、勘違いをしている。

エイカはおそらく、六年前の事件に対してナツカゲが自分とアオシ双方の実家に怒っていて、その腹いせとして、アオシとの間に子供を作らないのだと勘違いしている。

そして、いま、アオシが六年かけてナツカゲの怒りを解いて、ナツカゲを懐柔し、アオシがその体を使ってナツカゲを籠絡《ろうらく》し、アオシとナツカゲの間に子供を作ろうと説得している最中なのだと、勝手に考えている。

だが、実際は、アオシとナツカゲの間には、六年前に一度だけ肉体関係があっただけで、そこから先は一度もない。

だから、エイカの考えは間違いなのだ。

でも、面倒だからアオシはエイカの間違いを否定せずにいる。

アオシとナツカゲは、そういう関係ではない。子供を作るつもりもないし、つがいになるつもりもないし、そもそも、一緒に食事すらしない。

そんな二人の間に、子供を作る話など湧《わ》いて出るはずもない。

勝手な想像をして、主家に媚《こ》びる材料を探すエイカがなんだか憐《あわ》れだった。

「アオシ、分かっていると思うが……」

「分かってる、ナツカゲさんには今日のこと言わない」

「ナツカゲ様だ」

「はいはい」

適当な返事をして、アオシは助手席を出た。

兄の小言にさえ耐えていれば、いまの生活は邪魔されない。

そう考えると、月に一度のこの無駄な面談も我慢できた。

それに、毎回エイカからこんなことを言われているとナツカゲが知ったら、あの人は絶対に実家に乗り込んで烈火の如《ごと》く怒る。

アオシがバイクに跨がり、ヘルメットをかぶっていると、エイカが運転席側から助手席の窓を開けて、「近いうちに迎えに行く。ナツカゲ様の家を出る準備をしろ。お前が次に番うのはルペルクスの青虎族だ」と命じた。

アオシはエイカに中指を立ててバイクを走らせた。

＊

アオシは手早く買い出しを済ませて帰宅した。

モリルから仕入れた情報をもとにナツカゲと相談して、向こうの出方を待つことになった。

いつもどおりにしているつもりだったが、帰宅するなり、ナツカゲがじっとアオシの顔を見て、「なにかいやなことでもあったか?」と問うてきた。アオシが「この人の洞察力すげーな」と感心して、じっと見上げていると、「言いにくいことなら、あとで聞く」と見当違いに優しくされて「なんでもないです」としか返事ができなかった。

居心地の悪さから逃げるように、夕飯前にヨキを風呂に入れると言ってアオシは風呂場へ向かった。ヨキだけを先に風呂に入れ終えると、三人で一緒に夕飯を食べた。ヨキがこの家で暮らし始めて九日目。近頃はヨキが「いっしょにごはん!」と言わなくても同じ食卓に着くが当たり前になった。ヨキがナツカゲとアオシの間にいてくれるから、それなりに会話もある。

「ヨキ、もうねむたいから、はみがきする」

定刻になると、ヨキは目を擦り、自ら進んで洗面台へ向かう。

ナツカゲに仕上げ磨きをしてもらって、パジャマに着替えさせてもらう。二人がそうしている姿は、虎と狼ではあるけれど、父と子のようで微笑ましかった。

「だっこ」

「おいで」

ナツカゲがヨキを抱いて、灯《あか》りを絞ったリビングで寝かしつける。

ヨキの手には、アオシがプリントアウトした家族写真が握られている。

毎晩、ヨキはそれを眺めながら、パパとお父さんとおにいちゃんを撫でて、キスをして、頬ずりして、胸に抱きしめて眠る。だから、眠りに落ちるまでは写真の見える明るい部屋がいいらしく、アオシのベッドに入れるのは、いつも熟睡してからにしていた。

先に風呂に入ってこい。

ナツカゲが唇でそう言うから、アオシは頷いて先に風呂へ入る。

自分の部屋のバスルームへ向かう前にちらりと見えたのは、やわらかい夜間照明の灯《とも》るリビングの真ん中で、立ち歩いてヨキを寝かしつけるナツカゲの姿だ。

ヨキの家族写真を一緒に眺めながら、「はやくパパとお父さんとにいちゃんに会いたいな」「……うん」「きっとすぐに会える」と話をしている。

ヨキは、夜になるとどうしても家族が恋しくて、涙を流すことが多かった。

正直なところ、ヨキの家族捜しが難航していることよりも、ヨキに泣かれることのほうがつらかった。

こんなにも小さな子が泣いているのに、なぜ自分は助けてあげられないのだろう。そう思うとアオシは歯痒《はがゆ》くて、悔しくて、自分の無力さに苛立《いらだ》って、ヨキと家族を離ればなれにした奴らには、底知れぬ怒りが湧いた。

ヨキは、ぎゃあぎゃあと大声で泣かずに、毎晩、ナツカゲの胸の飾り毛を涙で濡らし、静かに眠る。アオシだと眠らない。ナツカゲの大きな懐と逞《たくま》しい腕に抱かれているほうが、ヨキは安心するのだろう。

ナツカゲが子供を抱く姿を見ていると、自己嫌悪が心の片隅から顔を出す。

そろそろ身を引かないとなぁ……。そんなことを思って、自己嫌悪する。

昼間の、エイカの言葉が蘇《よみがえ》った。

普通の生殖行為では、ナツカゲとアオシの間には子供が生まれない。

今後、ナツカゲが誰か伴侶を見つけて、結婚して、番って、子を成したいという考えがあるなら、アオシは邪魔だ。

六年前の事件の贖罪。そんなものでナツカゲの一生を縛りつけてはならない。

この六年間、ナツカゲに特別な相手がいた気配はない。もしかしたら、アオシの知らないところでそういう関係を結んでいる誰かがいるのかもしれないし、一夜限りの相手がいたかもしれない。

ナツカゲは、良い父親になると思う。それは、仕事中の子供への対処の仕方からも見て取れたし、いま、ヨキを抱いて寝かしつける姿も堂に入っている。

低く落ち着いた優しい声も、その圧倒的な存在感も、すべてを包み込む包容力も、彼自身の子供に向けられたなら、所帯を持ったなら、とても安心感を与える父親になるだろう。

アオシが、ナツカゲの六年を無駄にさせている。

アオシさえナツカゲの家に転がり込まなければ、ナツカゲは愛する人を見つけて、いま頃は、誰かの夫や、恋人や、つがいや、父親になっていたかもしれない。

ナツカゲのそういう将来を奪ったのは、アオシだ。

それが分かっているなら、エイカの言うとおり、そろそろ諦めるべきなのだ。

この生活を。

身を引くべきなのだ。

ナツカゲの為に。

でも、そうしないのは……。

アオシが、この生活を手放したくないからだ。

「…………」

アオシが風呂から出ると、ナツカゲがヨキをソファに寝かせていた。

今夜はヨキが愚図ったのだろう。そういう日は、時々ある。

そんな夜は、こうしてリビングのソファで朝まで過ごしていた。

「ナツカゲさん、風呂入ってきてください。代わります」

アオシは小声でナツカゲに声をかける。

「今夜は俺がヨキを見る。お前も、たまには自分のベッドで寝ろ」

「そう言って、昨日もここのソファでナツカゲさんが付き添ってたじゃないですか」

「その前の二日間は、夜通しでお前がヨキの面倒を見た」

「……分かりました。今夜は三時間交代です」

基本的に、寝かしつけまではナツカゲが行い、夜は毎晩アオシのベッドで寝かせる。血の繋《つな》がりもない大人が、よその子と同じベッドに寝るわけにもいかないので、アオシは大体いつも自室に置いてあるソファに座って眠っていた。

二十四時間警護の仕事中は、仮眠すらままならぬことも多いから、これくらいは苦にならない。それに、夜はアオシが見る分、昼間はナツカゲが面倒を見てくれる。そうすればアオシは昼寝ができるし、今現在は仕事らしい仕事もしていないから、夜間にソファで仮眠だけでも支障はなかった。

「いいや、お前は寝ろ。今夜は俺が見る」

だが、今夜はナツカゲが引いてくれなさそうなので、アオシは困った。

ナツカゲの気遣いをどう辞退すべきか、断り文句が思いつかない。

普段から会話をしてこなかったせいだろうか……。これが仕事で、「先に仮眠しろ。保護対象者は俺が見ておく」とナツカゲに言われたら、「了解です」と四文字で済んで、先に仮眠をとる。なのに、ただ単に場所が自宅というだけで、頭の中が仕事モードに切り替わらないし、ナツカゲも、仕事中のように平等に三時間ずつの仮眠で合意してくれない。

「とにかく、俺が見ます」

言うだけ言って、アオシはキッチンへ逃げた。

ヨキを起こさぬよう静かに冷蔵庫を開けて、ペットボトルの炭酸水を飲む。

意味もなく冷蔵庫の中をぼんやり眺め、「このままナツカゲさんが引いてくれますように」と祈りながら扉を閉じ、首にかけたタオルで髪から落ちる雫《しずく》を拭う。

「アオシ」

「……っ、……は、い」

顔を上げると、すぐ傍にナツカゲが立っていた。

思ったよりも近くにナツカゲがいて、アオシの手からペットボトルが滑り落ちる。ナツカゲが落下途中のそれを摑んだが、すこし零れた炭酸水が床に水溜まりを作った。

アオシは逃げるように足を引き、冷蔵庫の扉に背を張りつかせたが、その水溜まりに足を取られた。

「大丈夫か」

転びそうになるアオシの腰に腕を回し、ナツカゲが抱きとめる。

「……、っ」

大丈夫です、そう言いたいのに、声が出ない。

額に、ナツカゲの胸がある。ふかふかの、ふわふわ。顔が毛皮に埋もれている。すこし乳臭い匂いがするのは、きっとヨキを抱いていたからだ。

ナツカゲは、右手にペットボトルを持って冷蔵庫の扉に腕をつき、左手でアオシの腰を抱いている。

アオシは、ナツカゲの腕と冷蔵庫の間に挟まれて、逃げ出すこともできず、じっと固まっていた。

濡れたままの自分の髪が、ナツカゲの毛皮も湿らせる。なぜ今日はシャツを着なかったのだろうと自分を呪《のろ》う。夏だから、風呂上がりにシャツが汗っぽくなるのがいやで、ついつい汗が引くまで着ずにいた。濡れ髪で、上半身裸にスウェットを穿《は》いただけだ。

あまりにも防御力が低い気がする。

生身の肌でナツカゲと触れたのも、六年ぶりだ。ただそれだけで、自分でも説明のつかない感情が押し寄せてきて、胸の奥が詰まって、じわじわと瞳が熱を持ち、目の奥がうるんで……泣いてしまいそうになる。

この人はアオシを傷つけない人だと分かっているのに、とても信頼しているのに、自分にそう言い聞かせようとすればするほど、六年前のことが蘇る。

この六年の間に、ナツカゲはとても誠実に、アオシの信頼を勝ち取ってくれた。

一時も休まることなくナツカゲを警戒し続けるアオシを怯えさせないように、「ナツカゲというオスはアオシにとって安全な生き物なのだ」と、行動で証明してくれた。

決して断りなくナツカゲからアオシに触れてくることはなく、常に適切な距離感を保ってくれた。

だからこそ、いまのこの関係があるのだ。

仕事中に、ナツカゲの腕や胸、背中に庇われたことは何度もあるし、アオシがナツカゲを抱きしめて守ったこともある。仕事が絡めば、お互いの命を守る為なら、咄嗟《とっさ》の判断ならば、生命の危機を回避する為なら、ナツカゲに触れられる。

といっても、この六年でその機会も片手で足りる程度なのだが……それでも、ナツカゲのこの六年の誠実さを信じていれば、なにもこわくないはずだ。

なのに、仕事以外になると、自分はこんなにも冷静になれない。

「ナツカゲさん……離れて」

消え入りそうなほど小さな声で、頼む。

「昼間、なにがあった？」

「……先に、放して」

「先に言え」

今夜のナツカゲはいじわるだ。

いつもならナツカゲのほうから距離をとってくれるのに、今日は離れてくれない。

「本当に、なにもないです」

「俺に嘘《うそ》はつけんぞ」

「…………久々に、兄貴と偶然会って……説教されただけです」

アオシは観念して、早く喋《しゃべ》って早く解放してもらうほうを選ぶ。

「エイカと会ったのか。……いやな思いをさせたな」

「……っ、いや……そんな……ぜんぜん……大丈夫で……こっちこそ、すみません……」

アオシがいやな思いをした。

それをナツカゲが察してくれただけで充分だ。

まぁ、そもそも、アオシとナツカゲの実家絡み、即《すなわ》ち、ロクでもないことしか言われない、という共通認識があるからこそ、ナツカゲも察するところがあるのだろう。

「もういい、ですか……」

ナツカゲの腕のなかで身じろぐ。

身じろぐと、余計にナツカゲの匂いを濃く感じて、心臓が痛くなる。胸が異様に高鳴る。ドキドキして、喋る言葉もぎこちなくて、視界の端にちらりと見えるナツカゲの尻尾がふわふわ可愛くて、変なタイミングでその尻尾に意識が集中してしまって、黙ってじっと尻尾ばかり目で追いかけてしまう。

ナツカゲもそれに気づいたのか、「お前、初めて会った日もそうやって尻尾をじっと見て、目で追いかけて、子猫がじゃれてくるみたいで可愛かったな」と肩を揺らして笑った。

「かわいい……」

「あぁ、そうだ。辛気臭い顔したガキが、尻尾を目で追うのが可愛かった」

「ナツカゲさん……」

アオシが顔を上げると、ちょうどナツカゲも目線を落としたところで、ナツカゲの口吻《こうふん》の先とアオシの唇が触れた。

触れるなり、アオシはぎゅっと固まって、息も吸えなくなる。

アオシが真顔で静止していると、ナツカゲは、「すまん……」と真摯《しんし》に詫《わ》びて、アオシを自由にしてくれた。

「ま……っ、て……」

いま、抱かれている腕を離されたら……。

「おい、アオシ」

「…………」

ずるずると、床に座り込む。

腰が抜けた。

ナツカゲはそれを恐怖ゆえのものだと判断して、「すまん、こわがらせた」と何度も謝る。アオシは力なく首を横にするけれど、ナツカゲは、「どうかしてた、もう二度とお前に触れない」と残酷な宣告をする。

「……俺は、ここにいないほうがいいか？」

さっきまで抱きしめていたくせに、いまはもうアオシが立ち上がるのに手を貸すことすらナツカゲは躊躇《ちゅうちょ》する。

「…………」

「すまん……」

アオシがなにも答えられずにいると、ナツカゲは一歩、二歩、と後ろへ引いた。

「ち、がう……っ」

必死に、その言葉だけを絞り出す。

ちがう、こわいんじゃない。

信頼している、信用している。

でも、ただ、なぜか……この体は、心は、ナツカゲに触れられるだけで、びりびりと痺《しび》れたようになって、ナツカゲのことでいっぱいになって、胸が苦しくて、心まで骨抜きになって、そしたらもう頭の中はなんにも考えられなくなって……。

「リビングでヨキの傍にいる。お前は部屋で休め」

ナツカゲが、キッチンを出ていく。

「……ちがう」

ちがう、こわいんじゃない、待って、ちゃんと言いたいことがある。

でも、なにが言いたいのか分からない、なにを伝えないのか分からない。それでも、あなたが悪いんじゃない、これは俺の問題なのだと、そう伝えたい。

なのに、この感情を言葉にできなくて、その場に蹲《うずくま》る。

ナツカゲがこわくて、怯えてこうなってしまうのでければ、……では、なぜこうなってしまうのか。自分の行動なのに説明できなくて、ナツカゲを呼び止められない。

不意に、エイカの言葉が脳裏に蘇る。

この生活を諦めろ。ナツカゲの一生を無駄にするな。

本当に、そのとおりだ。

でも、どうしても、なぜか、諦められない。

この六年間、アオシは、ただ一方的にナツカゲに甘えるばかりの毎日だった。

ナツカゲの優しさや罪悪感につけ入って、現状に甘んじているだけだった。

どうして六年間もこの生活を続けてきたのかは分からない。

たぶん、居心地が良かったんだと思う。

寄宿学校にいるよりも、学生の頃たまに戻るだけの実家よりも、どこにいるよりも、この家が、ナツカゲの傍が、この二十三年の人生で一番居心地が良かったんだと思う。

居心地が良くて、手放したくないから、諦められないのだと思う。

自分の感情を優先して、いまを壊したくなくて、ナツカゲがどんな気持ちでアオシと一緒にいるか、確認しなかった。

ナツカゲに確認して、「実はそろそろこの関係を解消すべきだと考えている」などと言われるかもしれないと思うと、そんなこと恐ろしくてできなかった。

自分に都合の悪いことをぜんぶ今日まで見ないフリして、ナツカゲに甘えてきた。

自分の居心地の良さだけをナツカゲに提供させてきた。

アオシの安寧はナツカゲがいないと実現しないのに……、なのに、なぜかナツカゲを前にすると緊張して、身構えてしまうのだ。

触れてしまうと、心臓が止まりそうになるのだ。

もうずっと何年も、気づいた時にはこんな状況で、アオシは苦しかった。

苦しいのに、離れられなかった。

＊

ナツカゲとはひと言も言葉を交わさずに明け方を迎えた。

言葉を交わすきっかけも、ナツカゲの携帯電話に連絡があったからだ。

情報屋モリルからだった。

ヨキの両親と連絡がついたらしい。

モリルの取り持ちで、ヨキの両親と落ち合うことになった。

ヨキの両親から、待ち合わせの時刻と、「家族で夜空を見に行った場所」という指定が入った。

向こうも、まだ完璧にアオシとナツカゲのことを信用していないのだろう。

それで当然だった。

だからこそ、ヨキしか知らない場所を指定してきたのだ。

アオシとナツカゲも、ヨキの両親というのが本当にヨキの両親なのか、実際にヨキが確認して頷くまでは信じられない。

お互いに、まだ疑心暗鬼の状態だった。

朝、ヨキにその場所を尋ねると、イルミナシティの高台だと教えてくれた。

「おほしさまを見にいくところ。寒いと、おとうさんがココアくれて、パパがぎゅってしてくれて、おにいちゃんと、おとうさんと、パパと、みんなでおっきい毛布にくるまるの。近くに、みずうみがあるよ」

ヨキは、それはそれは嬉《うれ》しそうに思い出を語ってくれた。

湖のある高台は、イルミナシティにひとつだけだ。

待ち合わせの時刻は、今夜二十七時。

ヨキは眠っている時間帯だが、現場へ行って確認してもらうしかない。

昼間のうちに出かける支度をして、三人それぞれ夕方まで長めの仮眠をとり、夜、すこし早めに家を出て、外で食事をした。尾行などがないことを確認しつつ、いつも使っている車も使わず、レンタカーを借りて、日が暮れてから高台へ向かった。

　ヨキには、親と会えるとは言わなかった。もしかしたら罠かもしれない。ヨキに肩透かしを食らわせて、泣かせたくなかった。

「おほしさま見るの？」

「そうだ。よく見えるといいな」

　ナツカゲがヨキを抱いて、高台を見上げる位置に立つ。

　この位置だと、全景を見渡せるし、敵からも隠れられる。

「くぁあ～～……」

「眠いよな～……頼むからちょっと起きててな」

　大欠伸するヨキに苦笑して、アオシは腕時計で時間を確認する。

　定刻だ。腕時計から顔を上げ、高台を見やると、ちょうど、雲間が晴れて高台が月明かりに照らされた。

「ナツカゲさん」

　アオシがナツカゲに合図する。

　高台に、二つの影が現れた。

　一対のなにかが、光る。緑がかった青色で、孔雀《くじゃく》の羽のように美しい光だ。

　気味の悪い鳥の鳴き声も聞こえる。おぞましい、身の毛もよだつような、物悲しげな鳥の鳴き声だ。

その光と音を耳にした途端、ヨキがナツカゲの腕から身を乗り出した。きらきらと瞳を輝かせて、「パパ！　おとうさん！」と叫ぶ。

「ヨキ！」

アオシでもナツカゲでもない、別の男がヨキの名を呼んだ。

その声の持ち主は、遠目からでもヨキだと確認できたのだろう。ヨキもまた、緑がかった青い瞳で高台を見上げて、尻尾をぶんぶん振り回し、ナツカゲの腕から飛び出して駆け出しそうになる。

アオシと、逸《はや》るヨキを抱いたナツカゲが、潜んでいた物陰から姿を見せる。

それと同時に、高台から、線の細い男が駆け下りてきた。足を負傷しているのか、駆け下りるというよりも早めに歩く、という感じで、歩き方もぎこちない。

「ヨキ！」

「おとうさん！」

親と子。その両方に月明かりが差し、互いの顔を認める。

斜面を駆け下りてくるのは、ヨキが大事に抱きしめて眠っていた写真の、あの、口元のホクロが印象的な青年だ。

ナツカゲがヨキを腕から下ろすなり、ヨキは斜面を駆け上がる。

あともうほんの一歩、青年の指先がヨキに触れる……、その瞬間、青年がヨキを突き飛ばした。

いままさにお父さんに抱きしめてもらえるとヨキが笑顔になった瞬間のことだ。青年がヨキを迎え入れるように両手を広げ、地に片足をついた瞬間、銃撃があった。

銃弾は青年を狙っていたようだが、彼がヨキを突き飛ばしていなければ、ヨキが怪我をしていたかもしれない。

ナツカゲは咄嗟にヨキを抱え直し、木立の暗がりまで下がる。

「千二百メートル先！　七時の方向！」

高台から、太い声がアオシたちに警戒しろと伝える。

同時に、その声の持ち主が走った。

月明かりに青白い虎の獣人が駆け、青年のもとへまっすぐ向かう。

「パパ！　パパ！」

その声と姿に、ヨキが反応して暴れる。

「ナツカゲさん！　あれ、警察だ……っんで、だよ……」

アオシは、高台に通じる森の向こうに警察車両のランプを見つける。

「敵影あり！　撤退しろ！　湖の方角に山をくだれ！」

ナツカゲが高台へ向けて声を発する。

発砲してきたのはよく訓練された軍人で、高台のふもとは警察が包囲網を張っている。

だが、この場を切り抜けられたとしても、追跡の手はそれだけに留《とど》まらないはずだ。

「アオシ、こちらも撤退するぞ！」

警察と軍隊。ナツカゲの耳が、山を上がってくる複数の足音をとらえる。

「虎に怪我はさせるな、トラツグミを狙え！」

無線かなにかで命じているのだろう、敵勢力のなかから怒号が飛ぶ。

そんな声が聞こえるほど、アオシたちの近くまで迫っている。

二射目、三射目の狙撃がくる。足の悪い青年ばかりを執拗《しつよう》に狙っている。虎の獣人は青年を助け起こしたが、四射目の対獣人外用の特殊弾が既に彼らに狙いを定めていた。

アレに撃たれれば、無事では済まない。

「ナツカゲさん、ヨキのこと頼みます！」

アオシは叫び、斜面を駆け上がった。

ナツカゲが呼び止めるより早く、「援護する、撤退しろ！」とヨキの両親に叫び、足の悪い青年と背格好がよく似たアオシが、足を引きずる怪我を装って囮《おとり》になる。

「すまん……っ」

虎の獣人が青年を己の体で隠して抱き上げ、斜面の反対側へ撤退する。

ほんの一瞬、青年のほうと目が合った。

ごめん。ありがとう。

瞳がそう物語っていた。

泣きそうな、悔しそうな、そんな目をしていた。

「ヨキを頼む！」

青年が叫んだ。

「必ず守る！」

アオシは力強く請け負った。

アオシは単独で行動し、ナツカゲとも、ヨキの両親とも異なる方角へ撤退する。

状況を攪乱《かくらん》するにしても、囮になるにしても、それが得策だった。

斜面を駆け下りながら、アオシは、自分たちを取り囲む敵をすべて殺してやりたかった。

なんで子供を悲しませるんだ。

なんで大人が子供を傷つけるんだ。

なんで、どうして……。

行き場のない怒りだけが膨らむ。

けれども、頭は冷静で、アオシを足の悪い青年と勘違いした軍人が、こちらに迫ってくることを理解していた。

もうすこし引きつけて、ヨキの両親をできるだけ遠くへ逃がしたい。

それまでは反撃も控えて、真っ暗闇の森の斜面を駆け下りる。
次の瞬間、その森が、昼間のように明るくなった。
閃光弾《せんこうだん》だ。
市街地の外れとはいえ、こんな場所で……。
そう思った瞬間、目の前が真っ白に光った。

【3】

六年前。

アオシとナツカゲは初めてお互いの顔を知った。

十歳という年齢差があったこともあり、これまで一度も顔を合わせたことがなかった。

それまでは、お互いの見た目も、性格も、喋る声も、誕生日も、なにも知らなかった。

アオシは、アウィアリウス家の長男の名がナツカゲであること、その人は、随分と昔に出奔して実家と絶縁状態にあること、ナツカゲには相応のポストが用意されていて、一族にとって必要不可欠な存在であること、それくらいしか知らなかった。

ナツカゲは、アオシのことを名前と出自しか知らなかった。ナツカゲの実家に仕えるイェセハラ家の次男坊で、エイカの弟。アオシ本人に興味もなかったから、それ以上を知ろうとも思わなかった。

アオシは、生まれた瞬間から、アウィアリウス家に仕えるよう、父や兄、親戚《しんせき》たちから暗示のように囁《ささや》き続けられ、そうあるように教育されてきた。

アオシは、そんな親兄弟たちになんとなく気味の悪さを感じ、表だっては逆らわずに、人知れず心のなかで、「高校卒業したら家を出よう」と画策していた。

イェセハラ家は、表向きはアウィアリウス家を公私にわたり支える従者のような家系であったが、その実は、獣人の繁殖用に飼われている人間でしかない。心ない大人たちから明確にそれを教えられるより早く、一族の何名かが特別きらびやかな装いをしたり、宝石をたくさん身につけていたり、高級車に乗っていたり、働いてもいないのに大切に扱われているのを見ると、「愛人みたいだ」と小学生ながらに思っていた。

一族のうち、妊娠した者が現れると、アウィアリウス家から与えられているイェセハラの家を出て、アウィアリウス家のお屋敷で暮らすようになったり、よその獣人の家で暮らすようになったりして、腹がぺたんこになると家に戻ってくるか、たくさんの使用人付きの高級アパルトマンを買い与えられて、そこで一人暮らしをするようになった。

子供が生まれるたびに、産んだ当人以外にも、イェセハラ家全体にご褒美が与えられた。アウィアリウス家だけでなく、イェセハラ家の人間を借りた高貴な獣人の家などからも有形無形のご褒美があった。

けれども、妊娠して、獣人の子供を産んでも、彼らのうち誰も、獣人と結婚していなかった。つがいにもなっていなかった。伴侶として公式の場に出席することもなかった。産んだ子供と会うことも、育てることもなかった。

思春期に入ると、アオシは、「うちの家は繁殖用に飼い殺しにされてるんだ」と明確に理解した。尊厳もなく獣人に服従し続ける人間の家系だということを理解した。

だからこそ、三ヵ月に一度、アウィアリウス家の系列病院でアオシは体の隅から隅まで調べられ、良好な検査結果が出るたびにイェセハラ家の大人たちがみな喜んでいたのだ。適切な処置をすればアオシも獣人の子を孕めるのだと、大人たちは喜んでいたのだ。

その頃には、アオシも他人から向けられる悪意の意味を正しく理解できるようになっていて、「獣人に飼われている人間」だとか「獣人のペット」だとか耳元で噂われて、友人にすら敬遠され始め、自分を取り巻く他人にとっても、自分の家の特殊性は周知の事実なのだと知った。

「うちの家、やばいな」

気味の悪さは薄々感じていたが、「この家を本気で出る準備を始めよう」と思ったのは、十二歳か、十三歳の頃だ。

その時に、「そういえば、主家の長男も実家を出てたな」と思い出した。

その人も、こういう家がいやだったのだろうか……。薄気味悪いと感じたのだろうか。おぞましいと感じて、拒否感を覚えたのだろうか。吐いて眩暈《めまい》がして倒れるほど苦しんだのだろうか。嫌悪を覚えたのだろうか。堅苦しいうえに特権的な考え方をする実家を毛嫌いしたのだろうか……。そんな無為なことを考えた。

自宅の庭に人間が暮らす為の家を建てて、上等の食事と衣服を用意し、それらを人間に与えて、適度な小遣いと贅沢品《ぜいたく》でご機嫌をとり、アウィアリウス家のコネで社会進出をさせて自尊心を満たしてやりつつ、狼の縄張りで繁殖用の健康な生き物を囲い、手厚く世話をして、子を産ませる。

箱庭で猫を飼い殺しているようなものだ。

実際、ナツカゲと知り合ってから、「ナツカゲさん、実家嫌いだった?」と尋ねると「大嫌いだな」と即答された。

だからこそ、ナツカゲは早くに実家を出て独立したのだろう。

ナツカゲは長男だったが、アウィアリウス家はナツカゲの実姉フユナギが継いでいたし、幸いにも、彼女は獣人の夫との間に、子息子女を七人も産んで跡取りに恵まれていたので、ナツカゲの立場は気楽なものだったらしい。

六年前までは、ナツカゲも、姉や、年老いた祖父母とは、年に一度、クリスマスにカードを送るくらいはしていたらしい。

けれども、六年前のその日、そのカードのやりとりさえなくなるような事件が起こった。

その日、アオシとナツカゲは、それぞれの家長に呼び出されて、アウィアリウス家で初めて顔を合わせた。

この時、アオシは十七歳、ナツカゲは二十七歳だった。

寄宿学校で寮生活をしていたアオシは、この日、わざわざ外泊届けを出して実家に帰省していた。

父親と兄からは「主家のご命令だ」としか説明されぬまま寮まで迎えにこられて、有無を言わさず車に乗せられ、連れ帰られた。

ナツカゲは、実姉フユナギが「祖父母が危篤だ」とナツカゲを脅しても、「一族の危機だ」と助けを求める嘘をついても実家に戻ってこなかったので、少々ばかり乱暴な方法で実家へ連れてこられたらしい。

簡単に言うと、銃で脅されたらしい。

アウィアリウス家の食堂には、アウィアリウス家の家長フユナギと主だった親類、アオシの父と兄を含むイェセハラ家の主要な人物が集合していた。

時間は夕食時で、イェセハラ家は主家と同じテーブルにこそ着いていたが、全員が末席を用意されていた。それでも、父や兄は「これは光栄なことなんだ」と誇らしげな様子で、食事を楽しんでいた。

アオシは、この場違いな雰囲気や、今日集まった事情を知る大人たちのまとう独特の空気感が気持ち悪くて、ひたすら食事を掻き込むことだけに集中した。

会話をするのはアウィアリウス家の獣人ばかりで、イェセハラ家の連中はそれに迎合し、相槌《あいづち》を打つだけだった。

ナツカゲは、実家に連行された方法が強引だったこともあってか、機嫌の悪さを隠そうともしていなかった。この場にいることすらいやだと言わんばかりで、食事にもあまり手をつけていなかった。

デザートまで夕食が済み、さぁ、コーヒーか紅茶でも……となった時、アウィアリウス家の家長フユナギが席を立ち、次のように話し始めた。

アウィアリウス家は、跡取りをもう何人か増やすと決めた。私、フユナギはすでに息子を二人、娘を五人産んだが、次男は男のいない分家へ養子に出すことが決まっている。五人の娘のうち、将来、三人の就く役職は決定しているが、末の娘は体が弱い。長女は優秀なので、跡取り息子の補佐として、実家に残らせる。

いま現在、アウィアリウス家の出産計画は概《おおむ》ね順調に推移しているが、数十年後にはゆるやかに遅滞すると研究結果が出た。それでは、数多くある会社の経営に携わらせる子、軍人にさせる子、政治家にさせる子など、アウィアリウス家が計画する将来に見合っただけの子供の数に足りない。アウィアリウス家の出産計画を軌道に戻す必要がある。

しかしながら私はもう子供を産めない。そこで、まだ充分に子を成す能力のあるナツカゲに子を作らせると決めた。それにあたっては、通例どおり、アウィアリウス家の不利益にならぬ存在で、なおかつ当家に絶対服従の家柄、即ち、イェセハラ家から、我々一族と遺伝子レベルで相性の良い者を選び出したので、ナツカゲはその者と番うように。

フユナギは、高らかにそう命じた。

アオシは、グラスの水を飲みながら、「あの人、大変だなぁ」と他人事のように話を聞いていて、すこしばかりナツカゲに同情した。

「結婚するつもりはない。子を作るつもりもない。万が一、俺と誰かが番って子を成したとしても、アウィアリウス家の道具にはさせない。お前らの考えはおかしい」

初めて、ナツカゲの声を聞いた。

震えもせず、怯えもせず、毅然《きぜん》と言い返すその声が、立派だと思った。

アオシなどは、心のなかで、「この家おかしい。でも、それを口に出して揉めると実家から逃げるのを邪魔されそうだから、なにも反論せずにいよう」と、ひっそりと脱出計画を練るのが精一杯で、批判を口にする勇気はなかったから、それだけでナツカゲはすごいと思った。

「結婚ではありません、子を作ればよいのです。それ以外はあなたの自由にして結構」

ナツカゲの言葉に、フユナギは笑ってそう言い放った。

「互いに顔も見たこともない相手と、子供だけ作れと？　馬鹿馬鹿しい」

ナツカゲは、至極まっとうなことを言う大人だった。

アオシの知る限りで、初めて、「そうですよね！　倫理的にそう考えますよね!?」と同意したくなるような発言だった。

「顔も見たことがないと言いますが、目の前にいますよ」

フユナギは、そこで、アオシに視線を向けた。

ここでようやくアオシは、「あ、俺も当事者なのか」と気づいた。

来年には高校を卒業だから、てっきり、今日のこの席で、大学はどこそこへ進学しろだとか、その大学でアウィアリウス家にとって有益になる研究をしろだとか、アウィアリウスが指定する資格を取得しろだとか、大学卒業後はアウィアリウスの関連企業に修行に出ろだとか、そういうことを命令される為に呼び出されたと思っていたから、驚いた。

でも、冷静に考えたら、飼い猫の進路を命じる為だけに親族一同を集めて会食は開かないな……と改めて思った。

「兄貴、親父、どういうこと?」

アオシは父親とエイカに確かめたが、二人は「主家のおっしゃるとおりだ」としか答えなかった。

「たくさん子を成すのですよ。今日は、お前たちの顔合わせと相性を見る日です」

フユナギが朗らかにそう言った。

「断る」

「いやです」

ナツカゲとアオシは、示し合わせたように声をそろえて断った。

ナツカゲは、この時、初めてアオシを見た。

アオシもまたなんの説明も受けていないのだと察したらしく、「おい、まだ子供だぞ。なんの説明もせずにこの場に引きずり出してきたのか」とアオシを庇ってくれさえした。

「お前らも、自分の子であり、弟を、生贄《いけにえ》に差し出すのか」

アオシの父と兄にすら、憤ってくれた。

アオシを憐れんでくれた。

不憫に思ってくれた。

まともな大人だと思った。

この食堂で、ナツカゲだけが唯一まともな人だと思った。

常識や話の通じる大人だと思った。

だが、アオシとナツカゲが二人そろって拒絶しても、ほかの大人たちは、「まぁ、そうは言っても、お前たちの食事には薬が入っていたからね。理性ではどうにもならないね」とにこにこ笑った。

強制的に発情する薬を二人の食事に盛ったと、平然と言ってのけた。

「言ったでしょう？　今日は相性を見る日です。見事、本懐を遂げたら、早速、アオシに人工子宮を移植しましょう」

フユナギは少女のように微笑み、悪魔のような宣告をした。

騙《だま》し討ちされたことを、ナツカゲは怒っているようだった。

食事に薬を混入されたと知ってもアオシの体にはなんの変化もなかったから、アオシは大人たちの発言に現実味を感じられず、それでも、なんとなく身の危険を察知して、ここから逃げる方法だけを考えていた。

呆《あき》れて物も言えないといった様子で、ナツカゲが無言で席を立ち、食堂の出口へ向かった。きっと、家へ帰るのだろう。アオシはそう思った。

＊

俺はどこへ帰ればいいんだろう……。

財布も持ってきていない。そもそも、この屋敷から逃げ出せるだろうか。逃げ出せたとして、学校の寮に現金を取りに戻っても、きっと、また捕まる。じゃあ、着の身着のまま逃げたとして、どこへ逃げよう。電車よりはヒッチハイクだよなぁ……。そうだ、財布があれば……いや、だめだ、財布はないんだ……、じゃあ、寮に戻って……ちがう、さっきそれもダメだって自分で気づいた……あぁ、クソ……、どうしよう、考えがまとまらない。思ったより焦っているのかもしれない。考えが同じところを何度もぐるぐるする。

「あら、効いてきたみたいね」

フユナギが喜びの声を上げた。

「……？」

アオシが俯《うつむ》くと、白いテーブルクロスに血が落ちた。

鼻血だ。ずず……と鼻を啜《すす》り、自分の顔を手の甲で拭って、鼻血が出ていることに気づく。

「おい、薬の量が多すぎたんじゃないか？」

「十七歳で、身長百八十三センチ、まだ伸びてるんだろ？　体重も報告書どおりなら、薬の分量は間違えていない。交配用の興奮剤の投与が初めての者にはよくあることだ」

獣人の誰かと誰かが、そんな話をしている。

アオシは、その短い会話を聞く間にも視界が揺れて、座っているのに体がふらつき、テーブルに手をついて体を支えた。

「あなたはお食事をたくさん食べてくれたものね、えらいわ」

フユナギが猫撫で声でアオシを褒めて、背後に控えていた侍従数名に目配せする。

「……なに、すんだよ……放せ……」

侍従の一人がアオシの体を支え、……その実、逃げないように拘束する。

同じように、食堂の戸口にいたナツカゲを五名の侍従が取り囲んで行く手を阻み、いざとなれば力ずくで制圧しようとしている。

ナツカゲは腕が立つようで、三人目までは倒したが、わずかに動きが鈍くなり、四人目を殴ろうとした瞬間、太腿《ふともも》に注射を刺され、片膝をついた。

「やっと薬が回ったか」

やれやれといった具合で、獣人の大人がそう言った。

その獣人は、「ナツカゲ様、あなたがあの子を拒むなら、あの猫は次の繁殖候補にあてがうだけです。あなたの次点候補は、あの乱暴な従兄殿《いとこ》ですよ。あの男があの猫を使えば、道路脇の轢《ひ》かれた猫よりも無残になるでしょう」と嘱く。

続けて、「だからあの猫の最初はお前が散らしてやれ」、と情けを説く。

そうする間にも、アオシは侍従の手で別室へ連行され、そこで獣人の医師に、瞳孔《どうこう》や鼻血の具合、心拍数や脈拍などをざっと調べられ、「問題なし」と診断された。

鼻血こそ止まっていたが、ベッドの端に座らされたものの、まだ眩暈は収まらず、アオシはそのまま腰から砕けてベッドをずり落ち、床に座り込んでしまった。

まもなく、ナツカゲが同じ部屋に運ばれてきた。

アオシを診《み》た医者はナツカゲも診察し、部屋の外に出る。

二人きりにされた部屋で、それがどういうことを意味するか……、アオシは、分かっているのに分かりたくなくて、正しく物事を理解するには薬が効きすぎていて、ぼんやりとナツカゲを見ていた。

距離にして五メートルもあっただろうか……。

近いような、遠いような……、アオシには、距離感すらも正しく測るだけの思考能力がなかった。

「おい、お前……」

ナツカゲがアオシに声をかけた。

その声は、先ほどよりも低く、腰が抜けそうなほど凄《すご》みを増していた。

肉食獣の瞳には、恐ろしいほどの光が見え隠れしたが、まだ、理性を保っていた。ナツカゲは食事をあまり摂っていなかったから、アオシよりも正気を保っているらしい。

「動けるなら、なんでもいいから縛れるものを持ってきて、俺の腕を縛れ」

「…………」

言っていることの意味は分かるのに、アオシはそれを行動に移せない。

縛るものと言われても、ここはベッドしか置いていないヤリ部屋だ。

「俺の言うことは聞こえてるか」

ナツカゲの言葉に、わずかに首を縦にする。

続けて、「大丈夫か」と体を気遣われて、もう一度、首を縦にする。

「お前を傷つけることはしない。理性のあるうちに、お前だけでも助ける方法を考える」

ナツカゲはそう言うけれども、ズボンの前が窮屈そうなのはアオシにも分かった。

理性の限界寸前だろうに、自分で自分の拳《こぶし》を握り、そこから血を流し、自分を傷つけてでもアオシを襲わないように我慢していた。

痛みで、精一杯、自我を保とうとしていた。

とても理性的で、自制心の強い、立派な大人だと思った。

「まだ足りんな」

部屋の外で聞き耳を立てていた数名の獣人と医師が、再び、部屋に入ってくる。

その時もナツカゲは最大限に抗《あらが》ったが、それにも増す人数で押さえ込まれ、医師が、ナツカゲにさらに催淫剤を投与した。

その薬は、ナツカゲの理性を完全に奪った。

「……ぃ、やだ……っ！」

アオシの叫びは、ナツカゲに押し倒される音で搔き消された。

ナツカゲは一度だけ「俺を殺せ！」と叫んだ。

アオシは力の限り抗った。

のしかかってくるナツカゲの横っ面を殴り、引き千切らんばかりに耳を摑み、眩暈のする頭で頭突きをして、両足で絨毯《じゅうたん》を蹴《け》った。

その様子を見ていた医師が、アオシにも催淫剤を投与した。

どちらもが、限界を迎えてしまった。

＊

最初のほうは、ほとんど覚えていない。

痛みがひどくて、何度も気が遠のき、目の前が真っ暗になり、意識が途絶えた。

体の感覚も、時間の感覚も鈍磨で、揺れる視界の先をぼんやりと眺めていた。

薬が効力を発揮し始めると、二人とも理性の箍《たが》が外れ、獣のようにまぐわった。

痛みよりも快楽が勝った瞬間、アオシは喘《あえ》いだ。アオシが喘いで、快楽の波に呑《の》まれて体から力が抜けると、ナツカゲはようやく動きやすくなったのか、より良い快楽を貪《むさぼ》るように、深く、深く、深く、アオシの体を蹂躙《じゅうりん》した。

快楽に溺《おぼ》れても、本来の性格というのは消え失せないのだろう。

ナツカゲの本質というものは、とても優しいのだろう。

ナツカゲはアオシに体重をかけぬよう、膝に乗せてくれた。ナツカゲの胸に背中を預けたアオシは背後から抱かれ、ゆるりゆるりと奥深くを貫かれた。

「っ……ぅあ……っ、ん、ンぅ……」

大きな手で腰を摑まれて、腹の奥を揺さぶられた。

その時も、ナツカゲは爪《つめ》を丸めてくれていた。

最初のうちは、アオシもナツカゲも理性が飛んで、力任せに腰骨を摑まれたり、アオシも逃げようと蹴ったり、ナツカゲにその足を引っ張って連れ戻されたり、太腿を鷲摑《わしづか》みにされたりしたけれど、薬の効き目が落ち着いてくると、ナツカゲは、まるで大きな犬が自分の懐にお気に入りを抱え込むようにアオシを抱いた。

腹は重苦しくて、終わりなく内臓を押し上げられるような感覚でずっと息苦しさを感じていたけれど、ナツカゲが耳や頰を舐《な》めて、齧《かじ》って、大きくて熱い掌《てのひら》で下腹を撫でて、アオシを宥《なだ》めてくれた。

浅い呼吸で喘げば楽だと体が覚えたら、アオシは子供を産む母猫のように息を荒らげ、身悶《みもだ》えた。

「……っ、ぅ……んぅ……ぅう」

初めは萎《な》えていたアオシの陰茎も、その頃には固く勃起《ぼっき》していた。

アオシは眉根《まゆね》を寄せて、両手でそれを扱《しご》いた。

目の前には、今日初めて会った狼がいるのに、その人が見ていることすら気にする暇はなく、一心不乱に自慰に耽《ふけ》った。

幾度となく精を吐き出しても終わりは迎えられず、前を弄《まさぐ》る手を止められなかった。粘膜が赤く爛《ただ》れて、そこに息が触れるだけで、ひりひりと痛むようになってもやめられなかった。

ついには、腹の奥を突かれるたび、自分の意志とは無関係に精液が垂れ流れた。快楽を伴わない射精は惨めだった。まるで、「これからお前は狼の子を孕む生き物になるのだから、男性器を使う必要はない」と言われているようだった。

「っひ、ぅ……ぅ、うぅ……」

ちゃんと射精してイキたいのにイけなくて、自らすすんで腰を揺らした。

もう陰嚢《いんのう》のなかは空っぽで、性器に触れても射精できないことは体が理解していた。なんとかして後ろで快楽を得ようと、ぎこちなく腰を振って、オスを誘惑した。それがまた情けなくて、情けないのに気持ち良くて、ナツカゲの腕に爪を立てた。

ナツカゲは、アオシが爪を立てて傷をつけても怒らなかった。

それどころか、縋《すが》るものを与えるように、自分の首筋をすり寄せてきた。

アオシはナツカゲの首もとに顔を埋め、その鬣を鷲摑み、力任せに引っ張った。まるで、子供が駄々を捏《こ》ねるように、力加減もできずに、気持ち良さが体を駆け巡るのに任せてナツカゲの鬣を引いた。

「おれ……なに、してんの……っ……なぁ、っ、ぉしえ……っなに、これ……」

言葉が喋られるようになったのは、どれくらい時間が経ってからだろう。

腹は何度も出されたナツカゲの精液で膨れて重く、腰は怠《だる》くて動かせず、ただ、ナツカゲの膝に乗せられて、胎《はら》にオスの一物を咥《くわ》えこみ、種付けされるだけの人形になっていた。

「……ぇ、っ……ぅ、っふ……」

　空気と吐き気がこみあげてくる。

　理性を得た次の瞬間、また、アオシの自我を奪う快楽が襲ってくる。嘔気《おうき》は引っ込んで、えずく代わりに喘ぐ。交互に、忙しく、何度も、ずっと、代わる代わる、間断なく、様々な感覚がアオシを襲う。

「なんか、答えて……しゃべれよ……」

　獣じみた荒い息遣いだけじゃ、不安になる。

　ちょっとでも考える余裕ができると、アオシは憎まれ口を叩いてしまう。鬣を引っ張って、首を後ろへ向けて、狼の頰を嚙む。

　すると、甘えているると勘違いしたナツカゲがアオシのうなじを嚙み返してくる。

「……ぃ、たい……っ」

　痛いのに、きもちいい。

　視界の端で、ナツカゲの尻尾が床を叩くのが見える。

　結局、ベッドのある部屋なのに、ずっと床で交尾してる。

　ナツカゲの尻尾はご機嫌だ。

　本人はちっとも喋らないし、なにを考えているのかも分からないけれど、尻尾だけは素直で、気持ち良ければ喜びを見せる。

だから、つまり、ナツカゲは気持ちいいのだろう。

アオシの腹が。

がぶがぶ、がぶがぶ。アオシのうなじを甘噛みしながら、尻尾が床を叩く。

アオシのうなじは、歯型と唾液《だえき》にまみれて、じくじく、むず痒い。

なんでナツカゲがそんなに機嫌がいいのか分からない。

「……？」

感覚のない下肢を見やると、アオシは小便を漏らしていた。

いつから漏らしていたのか分からない。

ナツカゲの毛皮も、自分の脚も、絨毯も、粗相でぐっしょりと濡れている。

さすがに、こういう家に生まれたから、それがどういうことを意味するのかは、アオシでも知っている。小便をするのは、メスが発情してオスを誘う動作だ。

ナツカゲは、本能でそれを喜んでいるらしい。

十七歳にもなって、恥ずかしい。

漏らしていることにも気づかず、喘いでいた。

いまも、うなじを噛まれるだけで、自分の意志とは裏腹に、じわじわと漏れている。

漏らすと、ナツカゲが尻尾を振って喜ぶ。

しょわしょわと排尿する音や匂いを、いまになって自覚してしまい、恥ずかしい。

「いやだ……見んな……っ……見っ、ンぁ……っ、あっ」

むずかると、犬の交尾みたいな恰好をとらされて、後ろから突かれる。

尻だけを高く上げた恰好で、突かれるたびに声が漏れて、吐く息も跳ねる。

お互い、薬の効果に波があって、アオシは頭の片隅に理性がちらつくが、ナツカゲはいま快楽に呑まれているのだろう。

ナツカゲは射精しながら、アオシのなかを抉《えぐ》る。

アオシの内腿に残る小便を絡めとるように狼の種汁が伝い流れ、ぼたぼた、ぼたぼた、絨毯に獣の精液が落ちて大きな水溜まりになる。

「うなじ、……っまた……嚙むの、かよ……」

ナツカゲが大きな口を開けるのが分かる。

とろりと唾液が肩甲骨の間に垂れて、その熱さにびくりと震えて、身構える。

歯先が、首に触れる。

「……っひ、ぅ」

残っていた小便が漏れる。

深く牙《きば》が食い込む。

「っ、……あ、…………ぁー……」

その気持ち良さに腰から力が抜けて、尻も落ち、べちゃりと床に突っ伏す。

俯せのアオシにナツカゲがのしかかって、犯す。

口吻の先で、頭を撫でられる。

たぶん、うなじにかかるおくれ毛が邪魔で、それをどかそうとしているだけなのだろうが、頭をわしゃわしゃとされて、口吻の先を潜り込ませるように髪を押さえられ、うなじを嚙まれると、びくっ、と尻が震えて、ナツカゲの陰茎を締めつけてしまう。

そうしたアオシのすべての反応が、ナツカゲを興奮させる材料になってしまう。

この人を喜ばせたら、自分も気持ち良くしてもらえる。

体がそれを勝手に学習して、奉仕を始める。

「っ……きも、ち、ぃい……それ、おく……きもち、ぃい……」

あぁ、もういいや、諦めよう。

きもちいい。

尾てい骨を腹の中から陰茎で引っ掻くように擦られたり、奥の行き止まりが変形するくらい深く突き入れられたり、入り口のあたりを捏ね回されたり、腹の表側の臍《へそ》のあたりや、前立腺《ぜんりつせん》や精嚢《せいのう》を押し潰すようにされたり……。

拡《ひろ》がった穴を隙間《すきま》なくぴっちりと埋め尽くされて、犯されて、種を付けられて、他人の熱で自分の熱を上書きされていくたびに、きもちいい。

アオシは、自我を保つことを諦めて、欲に溺れた。

「つぉ、ぁ……っああ……ぁぅ、……っ」

でかい声を出して喘ぐと、もっと気持ち良くなった。

一所懸命になってオスを締めた。

理性を手放して気持ち良くなろうと思う時点で、もう自我を捨てているのだけれど、その時はそんなこと思いつきもしなくて、おそらく、部屋の外で大人たちが聞き耳を立てているだろうことも分かっていたはずなのに、そんなこともお構いなしに、よがった。

男を欲しがった。

種が欲しいとねだった。

もっと、いっぱい、ずっと、一生こうして繋がっててほしいと声に出した。

だって、きもちいいから。

きもちいいとすごくしあわせだった。

あたまのなかが、すごくしあわせだった。

すごく単純なことしか考えられなくなって、それも、考えているのか、感じているのか分からなくて、とにかく、きもちよくてしあわせで、ずっと笑ってた。

アオシの実家の、獣人の繁殖用に使われている大人たちが、なぜ、みんな、こんなことをされても文句を言わないのか、反抗しないのか、分かった。

きもちいいからだ。

理性のある時は、こんなことは間違っていると分かっているのに、それでも抗えないのは、この圧倒的な獣欲に蹂躙されて、支配されて、征服されてしまうと、自分は獣の繁殖の為に存在する生き物なのだと自覚するからだ。

こんなにもきもちいいことを何度も何度もしてもらえるなら、ほかになにもいらないと分かってしまうからだ。

これはそういう絶対的な支配なのだと、知ってしまうからだ。

毎回、こんな最高のオスと番えるなら……。

それはきっとどんなしあわせよりも、しあわせだ。

だって、こんなにもきもちいい。

「……もういっかい、もういっかい……して……」

舌ったらずに、子供みたいに、種付けが終わったばかりのオスにねだった。

オスは、何度でも、たくさん、たくさん、くれた。

アオシをたくさんしあわせにしてくれた。

＊

ナツカゲが我を取り戻したのは、夜明け前だった。

実家に連れてこられたのが前日の十八時やそこらだった記憶があるから、十時間近くは経っている。

もうちっとも反応を見せない生き物をこれでもかと犯し尽くし、思う様に蹂躙し、心地良い疲労に包まれて転寝《うたたね》し、目を醒ました。

寝起きはまだどこかぼんやりとしていて、自分の懐に囲い込んだ獲物のうなじを無意識のうちに噛み、頬や首筋を舐めて毛繕いをして、頬を寄せ、自分の匂いを擦りつけてマーキングをしていた。

そうして、自分のものにした生き物を猫可愛がりしながら、徐々に冷静さを取り戻した。

俺の腕のなかにいるこれはなんだ？

このボロ猫みたいな生き物は……なんだ？

ようやくそう考えられるほど、薬が抜けてきた。

「おい……」

名も知らぬ青年に呼びかける。

抱き潰した。そう思った瞬間、違う、抱き殺した、……そう思い直した。

その青年の全身には、暴れたり逃げようとした時にできた打ち身が無数にあり、腰や太腿にはナツカゲの指の形がくっきりと残り、場所によっては、指を食い込ませたひどい鬱《うっ》血痕《けっこん》が数え切れないほどあった。

当然のように尻からは出血していて、絨毯やナツカゲの毛皮、彼自身の下肢を汚していた。ナツカゲが出した精液や彼が粗相したものによって血液は洗い流され、その出血量は判然としなかったが、体を見ればどういう状況かは理解できた。

人間の子の、まだ恋人を相手に使ったこともないだろう陰茎は萎えている。そこは、摩擦の繰り返しで赤く腫《は》れ、先端から滲《にじ》むとろりとした淫液が、妙になまめかしかった。

後ろは度重なる交合で開いたまま、閉じる気配もない。慎《つつ》ましやかだったそこは、たった一夜の蹂躙で形を崩し、生殖器へと姿を変えてしまった。

ナツカゲは、彼をこれ以上傷つけぬよう優しく触れ、傷の具合を確認した。

「……？」

ナツカゲが触れると、彼がゆっくりと瞼《まぶた》を持ち上げた。

血の気の失せた顔は貧血を起こしているようで、どこか虚《うつ》ろだ。

そのうえ、まだ薬が残っているらしく、とろけた表情でナツカゲをぼんやりと見つめるから、どこか誘うような仕草にも見えた。

「……まだ、すんの……？」

かすれ声で、「ごめん、……もうできない、勘弁して……」と、彼は悪くないのに謝る。

「もうしない」

ナツカゲは、自分の精一杯の優しい声音で答えた。

彼は、随分と時間をかけてナツカゲの言葉を咀嚼《そしゃく》して、ようやく理解すると安堵《あんど》の表情を浮かべ、ふにゃりと頬をゆるめた。

まだ、子供だと思った。

背や体格は人間の大人に近いが、その仕草や喋り方は、まだ学生の、ほんの子供でしかない。

「お前にはすまないことをした。申し訳ない。言葉で詫びても取り返しはつかんが、お前の望むとおりの謝罪をする」

「…………」

「気分は悪くないか」

「……っ！」

ナツカゲが彼の前髪を掻き上げ顔色を見ようとした瞬間、彼は、その手を払いのけた。ほんの数秒前まで、頬をゆるめてナツカゲを見ていた表情が、一瞬で凍りついた。

「……、ぅ……あ」

言葉にもならないのだろう。

本能レベルで生じる脅えは、彼自身にも、どうにもできないのだろう。

彼は、化け物を見るような目でナツカゲを見て、這うようにして逃げた。

すぐ傍の寝台の隅に隠れ、怯える子猫のように震えた。

自分でも、なにがどうなっているのか分からないらしい。自分がなぜナツカゲから逃げたのかすら理解できないようで、両目だけをきょろきょろさせて混乱していた。

恐怖のあまり、三角に曲げて抱え込んだ足の間から、じわりと小便を漏らしている。

「すまん……」

ナツカゲはほとんど服も脱がず、すこし乱れた程度だったが、彼はなにも身につけていなかった。ボタンの飛んだ学生服が、床にくしゃくしゃになっている。

ナツカゲは手早く身支度を整え、寝台のシーツを剝いで彼に差し出した。

「……っ」

彼は、そうしてナツカゲが動くたび、息を詰めた。

シーツを頭からかぶせられて、それがシーツだと理解するのにも時間がかかるほど怯えて、やっと自分を隠すものが布きれだと認めると、それを手繰り寄せ、ぎゅっと握った。

「お前には触れない、ひどいこともしない」

ナツカゲはそう宣言して、彼からいくらか距離を取った場所に座り直した。

どれくらいそうしていただろう。

ナツカゲはひたすら彼が落ち着くのを待った。

もしかしたら、この場にいないほうがいいかもしれないと思った。

だが、出ていくに行けなかった。

たぶん、ナツカゲがここを去ったら、彼はこの部屋に一人置き去りにされる。

ショックを受けて茫然自失《ぼうぜんじしつ》の彼が、一人でここから逃げ出せるとは思わない。おそらくは、このまま病院へ連れていかれて、ナツカゲが与えた暴力の傷が癒《い》えるなり、人工子宮を移植されるだろう。

そして、ナツカゲが二度とこの家に足を踏み入れず、彼と二度と会わないと誓っても、彼にはなんの救いにもならない。彼は、一族のほかのオスと番わされるだけだ。

結局は、もう一度、最初から、今日と同じことをさせられるだけだ。相性を見る為に薬を投与されて、この部屋へ放り込まれて、そして、交尾が成功すれば、そのオスの子を孕むまで蹂躙される。

もし、彼がそれを拒むなら、彼は、この家を出なくてはならない。

だが、まだ子供の彼に、一人でそれをするのは難しいだろう。

「………」

ふと、ナツカゲが物思いから顔を上げると、彼が、じっとナツカゲを見ていた。

正確には、ナツカゲの尻尾を見ていた。

ナツカゲが思考する間、尻尾が一定間隔で床をゆっくりと叩いていたのが気になったようだ。ナツカゲが考えるのをやめて、尻尾がじっと動かなくなると、彼の視線も、じっと一ヶ所に留まって、また動き始めるのを待っている。

ナツカゲが尻尾を縦にゆっくりと動かすと、彼の視線も、仔猫みたいに好奇心旺盛《おうせい》に、興味深そうに、尻尾の動きを目で追いかける。

薬のせいもあるのだろうが、どこか無防備だ。小さく口を開けて集中していて、それが可愛い。この家には似つかわしくない無邪気さだ。アウィアリウス家の箱庭で囲われている猫にしては、毛色が違うタイプに思える。

「お前、名前は」

「……っ」

無防備で無邪気な生き物が、ナツカゲの一声で警戒心の塊になった。

この生き物は、無垢《むく》なだけの生き物ではない。瞳には一瞬で知性が宿り、その瞳からは、ナツカゲとの距離を測り、逃げ道を探し、対抗手段を講じたことが窺《うかが》える。

彼には、「体が動かないなら、頭を精一杯働かせろ」と、そう判断できる賢さがあった。

そして、ありがたいことに、ナツカゲの「無体は働かない」という誓いを信じて、「アオシ……」と名前を教えてくれる賢明さや強さも持ち合わせていた。

「アオシか。……きれいな時間帯に生まれたんだな」

アウィアリウス家は、自分たちの飼っている人間の一族に子供が生まれると、生まれた時間帯の名前を与える。

エイカも、それに倣って名付けられたはずだ。

れたのだろう。

アオシは、ブルーモーメントやブルーアワーと呼ばれる、世界が青に染まる時間に生ま
「……夕方の、うまれ……らしい……です」

アオシが、ぽつりとそう漏らす。

「俺は、夏の生まれだ」

「……ナツカゲ、さん」

物言いは十代の素っ気なさがあるが、年上にさんを付けたり、自分にひどいことをした
男にまで礼儀を払うあたり、育ちの良さが見え隠れした。

「そうだ、よく俺の名前を知ってたな」

「俺も、学校卒業したら……家、出ようと思ってたから……、ナツカゲさんは……俺より
先に、この家、出た人って、みんなが言ってたから、知ってまし、た……」

「そうか、お前も家を出ようと思ってたのか」

「うん……」

「じゃあ、お前はこの家の言いなりになるつもりはないんだな」

「ない」

「ここはいやか？」

「いやだ」

「……俺と来るか」

「…………」

「もちろん、もうこういったことは二度としない」

「…………」

アオシは踏ん切りがつかない様子で、返事を考えあぐねていた。

まだ混乱しているのだろう。

それもそうだ、アオシはまだ十七歳の子供なのだ。

「俺はお前に触れない、傷つけない。必ず守る。それが、俺にできるせめてもの詫びだ」

「……ナツカゲさん、怒ってる？」

「怒ってるが、それは、お前にじゃねぇよ。俺が怒ってんのは、俺やお前の実家、まだ子供のお前を傷つけた俺自身に対してだ」

「…………俺、はじめて、この家で、まともな大人、見た……」

「この家が異常なんだ。外に出れば、異常な奴もいるが、俺くらいの考えの大人はいくらでもいる」

「俺、外の世界、あんまり知らないから……この家、変だと思うのに、みんなこれで普通みたいな顔して、ひどいこと平気でするから……、俺のほうがおかしいのかなって……、思う時、あって……」

「お前の感覚は間違ってない」

　この無垢な生き物は守らなくてはならない。ナツカゲはそう思った。

　自分で穢《けが》しておきながら言うことではないが、この生き物は己の庇護下に入れなければならないと、そう本能が判断した。

「お前の一生は、俺が責任をとる」

「…………」

「あぁ、いや……それだとお前をつがいにして娶《めと》るような発言になるな、すまん。ただ、俺は……そう、まだ子供のお前が、これから広い世界で自由に生きているように、好きに生きられるように、守って、支える、お前の味方になる。お前を傷つけた俺が言っても信じられんだろうが、俺は、お前を絶対に傷つけない大人であり続けると誓う。だから、お前がこの家から出る手伝いをさせてくれ」

「…………」

　アオシはじっとナツカゲを見上げて、なにかを考えている様子だった。

　ナツカゲは、アオシの考えがまとまるまで、静かに待ち続けた。

「俺の家、世間じゃ箱庭って呼ばれてるんだって……ナツカゲさん、知ってた？」

「あぁ」

「箱庭から猫を攫ったら、ナツカゲさん、怒られない？」

この期に及んで、アオシは、ナツカゲの心配をした。

自分やナツカゲを取り巻く環境を冷静に分析、判断して、アオシを連れ出すことによってナツカゲの被る不利益や面倒を瞬時に察して、遠慮したのだ。

自分を傷つけた男なのだから、「アンタのせいで俺はこんなひどい目に遭った！」と悪《あ》し様に罵倒《ばとう》して、殴って、「一生かけて俺に償え！」と命じればいいのに、ナツカゲのことを考えてくれた。

なんと不憫で、憐れで、健気《けなげ》な生き物なのだろう。

自分の育った環境をおかしいと思う感性を保ち続け、受け入れがたい事実も承知して、こんな目に遭ったそのうえでまだ、自分よりも他人を思いやる心を持っている。

なんと強く、優しい、愛らしい生き物だろう。

「……ナツカゲさん、俺、ちゃんと一人で、家を出る準備してるから……無理しなくていいですよ……」

「お前のことで、無理なことなどなにひとつとしてない」

「…………」

「今日、いま、この瞬間から、俺の優先順位の一位はお前だ」

今日、この日、ナツカゲは、自分の生きる意味の一番目にアオシを据えた。

はぐれ者の狼は、箱庭から一匹の猫を攫った。

＊

アオシとナツカゲは、双方の実家と断絶した。

断絶したといっても、あの日、二人してあの家を抜け出して行方を晦《くら》ましただけだから、絶縁状をつきつけたわけではない。

けれども、その日から二人きりの生活が始まった。

アオシは、ナツカゲが一人で住んでいる家に連れていかれた。

いまも暮らしている、あの、川沿いに建つ、古いレンガ造りの建物だ。

アオシは、使っていない部屋をあてがわれた。

ナツカゲの家で一番広い客間だった。でも、まったく使っていない部屋だったらしく、なんにもない部屋だった。

「傷が癒えるまでは、一人で暮らしても生活がままならんだろ。お前の暮らす家を探すから、それまでは俺の家で我慢してくれ。俺はできるだけ家にいないようにするから、必要なら世話人を雇う。俺の家で過ごせないなら、ホテルを借りて、看護師を雇う。病院がいいなら、個室の入院手続きをする」

ナツカゲはそう申し出てくれた。

「ここでいい。……いま、新しい人間関係作るのは、疲れる」

それがたとえアオシの世話を焼いてくれる看護師や、ホテルで顔を合わせるだけの従業員であっても、新しい信頼関係を築くのが億劫《おっくう》だった。

アオシは、あてがわれた客間に閉じこもって、毎日、寝て過ごした。

無理な性交渉で負った傷の治療や診察で病院へ連れていかれる以外は、その部屋で過ごした。来客専用のバスルームも完備だから、アオシ一人だけでそのバスルームを使えて助かった。下肢の裂傷や打撲痕に薬を塗ったり、湿布を貼《は》っている時に、ナツカゲと出くわさずに済んだし、生活領域をナツカゲと共有するのは無理だった。

でも、ホテル暮らしよりもナツカゲの家で暮らすほうを選ぶあたり、自分はナツカゲをどこか信頼しているんだな……、と不思議にも思った。

もしかしたら、ほかに縋る相手がいないから心が我慢しているだけだったのかもしれないが、それでもやっぱりナツカゲと同じ屋根の下にいるのと、ホテル暮らしを考えたら、この家にいるほうが良かった。

ナツカゲの真摯な態度が、自然とアオシをそうさせているのだと、そんなふうに考えた。

「カウンセリングも受けるか？」

ナツカゲはそうして気遣ってくれたが、アオシはそれも辞退した。

気が向いたら受ける、とだけ伝えた。

同じ屋根の下で暮らし始めたが、会話はほとんどなかった。

いざとなると、アオシは、ナツカゲとどう話していいか分からなかった。

それは、ナツカゲも同じなのだろう。

お互い初対面同士のようなものだし、とにかく、アオシがナツカゲを避けている状態で、ギクシャクしていて、廊下でもすれ違わないようにナツカゲが配慮してくれていたし、日常生活もほとんど接点がないようにしてくれていた。

ナツカゲは、アウィアリウス家からアオシを連れ帰った翌日には新しいパソコンを一台アオシに買い与えてくれて、「欲しいものはすべてこれで注文しろ。支払いは気にしなくていい。俺の匂いがついているものはいやだろう」と言った。

ナツカゲの寝具や衣服、ナツカゲの使っている食器、タオルなどの生活用品、そういったものをアオシに使わせず、アオシの生活からナツカゲの気配をすこしでも取り除く努力をしてくれた。

この家で、なにかの拍子に、アオシがナツカゲという存在を感じて、恐怖せずに済むように考えてくれた。

アオシは、まず、ベッドと寝具を買った。着の身着のままで家を出てきたから、着替えも買った。新しい携帯電話も買った。支払いはナツカゲに甘えて、あとで働いて返せばいいと考え、自分の生活に必要なものを注文した。

荷物の運び入れや配達の時に、アオシがナツカゲと鉢合わせないように、アオシがこの家で遠慮しなくていいように、それでいて、アオシに困りごとがあった時はすぐに解決できるように、アオシが望めばナツカゲも立ち合いをしてくれたし、アオシが「いらない」と言えば席を外してくれた。

日常生活でも、極力、生活音を殺してくれた。あんなに大きな図体なのに、まるで幽霊みたいに存在感を殺して、気配を掻き消して、実在するのかさえあやふやな妖精のように生きてくれた。

この家の主はナツカゲなのに、まるでアオシが家主のような状況だった。

それと同時に、ナツカゲはアオシの部屋に鍵がかかるように日曜大工をしてくれた。

「気休めにしかならんが……」

ナツカゲは申し訳なさそうにしていた。

アオシも、ナツカゲも、お互いに、ナツカゲが本気を出せばこんな鍵はすぐに壊せることを分かっていた。

それでもこれを取りつけたのは、お互いの信頼関係の為だと承知していた。

これは、アオシとナツカゲの信頼の象徴だ。

容易に壊せるものを壊さない。

それは、二人の信頼を築き上げていくうえで、とても大切だった。

ナツカゲはそうした些細《ささい》なことから、ひとつずつ信頼を積み重ねてくれた。

ナツカゲの誠実さに触れるたび、アオシは、すこしずつ、すこしずつ、部屋の外へ出る機会が増えていった。

でも、二人ともが避け続けていることがひとつだけあった。

二人とも、どうしても食事だけは、絶対に一緒にできなかった。

二人とも、というよりも、アオシがそれを避けたので、ナツカゲはアオシの望むことを受け入れてくれただけだ。

ナツカゲは、食卓に食べ物を置いておいたり、冷蔵庫に食料を入れておいて、「好きに食え」とアオシに伝えてくれたが、そう何日もしないうちに、アオシがそこから食べている様子がないことに気づいたようだ。

だから、アオシに、「部屋に置ける小さめの冷蔵庫を買って、食いものも好きに通販しろ」と言って、アオシ名義のクレジットカードをくれた。

アオシは、これも甘えて、部屋に冷蔵庫を置いて食料を備蓄した。

ゴミだけは決まった曜日に家の外へ出しに行った。

これが、アオシが生まれて初めて覚えた家事だったかもしれない。

表層的な傷が癒えた頃、ナツカゲが、「お前、学校はどうしたい」と尋ねてきた。

「高校卒業に必要な単位は取得してるから、いつでも卒業できます」

アオシはそう答えた。

「お前、十七歳だろ。飛び級したのか？」

「うん。……普通の卒業より一年半早いくらいだから、たいしたことないですけど……」

「優秀なんだな」

「兄貴ほどじゃないし、イェセハラの家じゃバカの部類って言われてます」

リビングのソファの端と端に座って、そんな会話をした。

目線は合わせられないし、アオシは身を護《まも》るようにソファで三角座りをしていたが、これくらいの会話なら、怯えることも、怖がることもなく、普通にできるような関係性になっていた。

「お前はバカじゃないだろ」

「俺もまぁ普通くらいかな～……って思うんですけどね、通ってた学校も国内で一番だし。でも、兄貴はめちゃめちゃ賢いし、親父とか親戚とかも俺より賢いし……俺はまぁなんていうか、あんまり勉強意欲がないらしくて、やりたいことも特になくて……だから、大人から見れば、向上心がないバカに見えるんだと思います」

「やりたいことはないのか」

「ないですね」

「大学へ進むなり、やりたいことがあるなら援助する。遠慮はいらん」

「遠慮してるんじゃなくて、ほんとに……なんにもなくて……すみません」

「謝る必要はない」

「すいません」

「子供がそんな顔をして笑うな」

「……？」

「眉をひそめて困り顔で笑うのは、お前には似合わない。そんな表情をさせるような状況を作った大人が悪いんだ」

「でも、なんでもかんでも大人のせいにしちゃだめでしょ。……だから、将来のことは、自分で考えます。大丈夫です。心配かけてすみません」

　席を立ち、頭を下げた。

　ナツカゲの家に転がり込んで、四ヵ月近く楽をさせてもらった。

　季節がひとつ変わるくらいの時間を、静かに、穏やかに、過ごさせてもらった。

　親や親族からの説教を聞かされることもなく、孕める体かどうか見定める為の定期健診を受けずに済んでいるし、家を抜け出す算段も、学校や教師、学友と顔を合わせた時に囁かれる実家の悪口も、なににも煩わされず、引きこもれた。

　もう充分、世話を焼いてもらった。

　そろそろ恩を返すべき時期だと思った。

「アオシ、お前にやりたいことがなにもないのはな、お前がいままで家を出ることだけ考えて必死に生きてきたからだ」

「…………」

「そこから先の未来や、やりたいことを考えるほどの余裕がなかったんだ。ただただ、あの異常な家から逃げることに必死だったんだ。子供にできる限りの方法で大人から逃げることに専心してきたからだ」

「でも、結局はナツカゲさんに助けてもらいました」

自分一人じゃ、逃げ出せなかった。

あんなに考えて、いろいろ下準備して、バレないように頑張ってきたのに……。

大人は、それよりももっとずるくて、打算的で、子供の持ちうる常識外の言動でアオシの計画を凌駕《りょうが》した。

そして、その大人たちを出し抜いて、あの家から連れ出してくれたのもまた、ナツカゲという大人だった。

「子供っていやですよね……大人のことが大嫌いなのに、……結局は、大人に守られないとなんにもできない……」

「アオシ……」

「すみません、これからのことはちゃんと考えるんで、ちょっと時間ください」

アオシは深く頭を下げて、自分の部屋へ逃げ込んだ。ナツカゲから貸してもらっている客間なのに、そこが自分の部屋だと思えるくらいには、この家が落ち着く場所になっていた。

ナツカゲが、そういう場所をアオシに与えてくれた。

これからは、その恩を返さなくてはいけない。

もう働ける年齢なのだから、「お前はまだまだ俺の庇護下にあっていいんだ、子供でていいんだ」というナツカゲの言葉に甘えてはいけない。

ナツカゲの罪悪感につけ入って、アオシの人生を背負い込ませてはいけない。

「……働こ…………」

アオシは、すっかり使い慣れたパソコンで働き口を探した。

＊

ナツカゲは在宅で仕事をしている。

なんの仕事かはアオシもよく知らないけれど、たまにスーツを着て出かける以外は、家でパソコンに向かって、数字やグラフ、統計や設計図のようなものを見ていたから、投資関係かもしれないし、そうじゃないのかもしれない。

アオシはアオシで勝手に仕事を見つけて働き始めた。

ナツカゲには、「働かんでいい、俺が養う」と言われたけれど、「でも、俺がしたいこと応援してくれるんですよね」と言い返したら、ナツカゲは不承不承ながらも自分の意見を引っ込めてくれた。

それでも、「困っていることがあったらすぐに言え。働き先に提出する現住所や連絡先もこの家と俺にしてくれ」と頼まれて、そこは甘えることにした。

最初の給料はナツカゲに全額渡した。

そしたら、次の日にはアオシの口座にその金が入金されていた。

意地でも返してやると思ってその現金を引き下ろし、ナツカゲの胸に突きつけたら、給料の一割だけもらってくれて、やっぱり残りは返されて、「分割にしろ」と言われた。

数ヵ月後には、そうやってアオシが返したお金がぜんぶ、別の銀行の、ナツカゲが開設したアオシの口座に貯金されていると知って、それはそれでアオシは怒ったけど、ナツカゲは素知らぬ顔をして、「すまん」と、さして悪気もなさそうに謝った。

この人、さては頑固だな？

アオシは、すこしナツカゲのことを知った気持ちになった。

三ヵ月目の給料で、車とバイクの免許をとる為に、教習所に申し込んだ。

お金を貯めてバイクを買うと言った時だけは、ナツカゲに渋い顔をされた。

しかも、その話をした翌日には勝手に新車を買ってきて、「バイクに乗るくらいなら車にしろ」と言われて、この時ばかりはケンカになった。最終的にはナツカゲが折れてくれて、アオシがバイクを買う時に、ヘルメットや手袋、ドライブレコーダーといった付属品を買ってくれて、運転には充分気をつけるようにと何度も心配してくれた。

車両保険など、どの保険に入るかの相談にも乗ってくれた。

いままで、親兄弟を含む大人に相談に乗ってもらったことがなく、保険のことも自分で調べて、初めてのややこしさに唸《うな》っていたら、ナツカゲが分かりやすく説明してくれて、助けてくれた。

生まれて初めて「大人って物知りなんだな、すごいな」と感動した。

「知らないことは、年長者や知識のある者に頼っていいんだ。俺が知っていることなら、なんでも教えるし、訊けば答える。俺も知らないことなら、一緒に調べてやるし、考える。俺のすることがお前への一助になれば、俺は嬉しい」

大人は頼れる人なのだということを、ナツカゲに教えてもらった。

大人も子供も関係なく、世の中には、困っている人に助けを差し伸べる人がいるのだという事実に面食らった。

アオシは、ナツカゲのその善意がなかなか受け入れられなくて、得体の知れない気味の悪さがあって、ナツカゲは聖人かなにかじゃないかと疑った。

「自分にできることをするだけだが、誰にでもこんなに親切にはできねぇよ。お前くらいのもんだ。お前のことにかんしては、俺はなによりも優先するし、お前が願い望むことで俺ができないことはなにひとつとしてない」

ナツカゲは、その言葉のとおり、なによりもアオシを優先してくれた。

ナツカゲの人生の中心にアオシを置いてくれた。

誰かの人生で自分が一番になることなんていままでなかったから、戸惑った。

アオシは、そういうナツカゲの甘やかし方や親切に慣れなくて、「あぁ、この人はまだ俺に負い目を感じているんだ。もうそういうのは考えなくていいよって言ってあげないと……」というふうに自分のなかで結論づけた。

でも、改まって過去を蒸し返すこともできずにいた。ただ、一緒に暮らす家の共用部分でナツカゲと生活時間がかぶらないように、顔を合わせないように、迷惑をかけないように、それだけは気をつけた。

アオシの顔を見なければ、ナツカゲも必要以上に気を遣うこともないだろうと考えた。

ぎこちないながらも、一年も経つ頃には、それぞれの生活を確立できていたと思う。

会話は最低限で、お互いの仕事の時間もまったく違って、食事も相変わらず別々だったけれど、いま、過去の話をしてこじれさすよりは、この生活の安定感を優先したかった。

そうした別々の生活のなかで、アオシが仕事中に負傷することがあった。

「俺の仕事ですか？　ここの会社で雑用してます」

雇用当時、ナツカゲには会社のサイトを見せて、簡単な説明しかしていなかった。

ナツカゲはナツカゲで、アオシの働き先を独自に調べて、納得してくれていた。

この時、アオシが働いていたのはイベント会社だった。主な商売相手は富裕層だ。子供の誕生日や卒入学記念、受賞記念、成人式などなど……、子供を祝う為にテーマパークや高級ホテルのパーティー会場を貸し切ったり、子供が喜ぶ旅行プランを計画したり、子供向けのイベントのお膳立《ぜんだ》てをする会社だ。

これまでのアオシは、実家から逃げることしか考えていなくて、将来の夢なんて特になかったけれど、ナツカゲと一緒に暮らすうちに、もし、自分が大人になったら、子供を守れる大人になりたいと漠然と考えていた。

このイベント会社は、イベンターやプランナーのほかにも、子供の健康を守る看護師や子供を慈しみ育むナニー、子供の権利を守る法律家、子供の旅行に同道する執事、子供の安全を保持する身辺警護など、いろんな人物が所属していて、とても勉強になった。

皮肉なことに、世間から見ればアオシの実家は裕福な家庭で、アウィアリウス家という雲の上に存在するような特権階級をすぐ傍で見て育っていたので、アオシは、なんとなく顧客が望むことが分かって、それとなく気配りするうちに、雑用係ではあるけれども働き先から重宝してもらえたし、時給も上げてもらえた。

会社自体はとてもまっとうで、給料の支払いも遅れないし、客からのチップは個人の懐に入れるものだと会社が認めていたし、残業手当もついた。

ただ、偶然、とある客の素行が目についた。

お金持ちのおじいさんと、その孫。それが雑用係のアオシが知る顧客情報だった。

プランナーの荷物持ちで、そのお金持ちの家に訪れた日に、アオシは違和感を覚えた。

それは、おじいさんのほうが人間で、孫の女の子のほうが兎の獣人だったことに始まる。

「あ、このじいさんと孫、血が繋がってねぇわ」

それは、種族が違うという理由で察知する違和感ではなかった。

なんとなく、その老人のほうから、自分の実家やアウィアリウス家のような雰囲気を感じとった。特権階級で、社会的立場があって、お金と権力である程度の物事を動かせて、自分の決定がなによりも正しいと疑いもしない、傲慢《ごうまん》な大人。

あとで、プランナーから、その老爺《ろうや》は、兎の獣人を含め二十人ほどの孤児を引き取って育てている慈善家だと教えられた。今回は、この兎の獣人を含む孤児全員を連れて貸し切りクルーズ旅行に出かけて、そこへ友人や知人を招き、船上パーティーを行うから、子供が喜ぶイベントを……と注文があったらしい。

結論から言うと、この、友人知人を招いての船上パーティーというのが、ペド野郎どもの集会だった。

兎の獣人を含む子供たちを逃げ場のない船で放し飼いにして、エロジジイどもが寄って集《たか》って追い詰め、性玩具《せいがんぐ》にして弄《もてあそ》ぶ、という内容だった。

アオシの働き先は、純粋に、子供用のイベントを計画する、という依頼を受けただけだったから、アオシが気づかなければ、そのまま、「金払いの良いお得意様がひとつできた」と喜んでおしまいだっただろう。

アオシが気づいたのも、自分の実家や、アウィアリウス家の異常性を見ていたからだ。アレに近いにおいを感じたからだ。

単なる勘だと言ってしまえばそれまでかもしれないが、老人の喋り方や雰囲気、存在、そのすべてが、アオシの嫌うタイプの大人と同じように感じられて、気味が悪かった。

兎の獣人は常に老人の傍にいて、「引っ込み思案なんだよ、この子は」と説明されたけれど、アオシたちとの接触を禁じられていることは、すぐに分かった。

アオシは、イベントの打ち合わせで何度か老人の屋敷を出入りするうちに、家人の隙を見つけて、兎の獣人に「助けがいる？」と一度だけ尋ねることができた。

その兎の獣人は勇気があって「助けて」と乞《こ》うてきた。

会社に報告した。

会社の判断は、黙殺だった。

相手が悪すぎたのだろう。敵に回すには、この老人の権力は凄《すさ》まじかった。

それに、アオシの勘と、兎の獣人と交わした会話だけでは証拠にならない。

会社がだめなら、警察や児童保護局、獣人の権利を守る会など、いくらでも手段はある。

アオシは即座に行動を開始した。

証拠が欲しくて、老人の身辺調査を調査会社にも頼んだ。

大人や行政、公的機関を動かすには、説得力が必要なのだと学んだからだ。

アオシはまだ十八やそこらのガキで、子供の発言なんて真に受けてもらえなかったから、とにかく、証拠を固めたかった。

早く兎の子を助けたかった。だって、いまもこうしている間に、あの子は自分と同じ目に遭っているかもしれない。

幸いなことに、アオシの場合、ナツカゲがまっとうな大人だったから、あのあとも、傷つけられることなく生きてこられた。でも、あの子の周りにそういう大人が一人もいないなら、あの子はこのまま死んでしまう。

そう思うと気が気でなくて、朝も昼も夜もなく、あちこち駆けずり回った。

ある日の深夜、自宅への帰り道で暴漢に襲われた。アオシのいた場所柄から、薬物中毒者の犯行だと判断された。殴る蹴るされただけで、レイプはされなかったし、命も奪《と》られなかったから、それが幸いだった。

その傷が癒える前に、アオシは仕事先からの帰り道でバイクの転倒事故を起こした。

雨の日のスリップ事故で、自損だったのが幸いした。右腕の骨折と、打撲や擦過傷は負ったが、誰も巻き込まずに済んだ。

ナツカゲには「バイクはやめろ。ついでに、近頃、夜遅くまで出歩いてるだろ、それもやめろ」とひどく心配された。

この時、まだ、アオシは自分のしていることをナツカゲに話していなかった。あの老人の件と、暴行事件と、バイク事故が繋がっているのかもしれないと、一瞬、そんな考えが脳裏を過《よぎ》ったが、それよりも、ナツカゲが過保護でその対応が大変だった。

頭を打ったので、一晩だけ様子見で入院して検査も受けたが、翌日には退院できた。

退院の時には、ナツカゲが迎えにきてくれた。

そこで、バイクのブレーキが細工されていたと教えられた。

あぁ、これは警告だ。アオシは自分の考えに確証を持った。そういうことを平気でできるのが、そういう世界に住んでいる者の考えだ。

ナツカゲは、事故の以前からアオシの行動に疑問を抱いていたらしく、強めにアオシに問い質《ただ》してきた。

誤魔化しようもなくて、アオシは正直に説明した。

「俺を頼れと言っただろう。なんでお前はいまこそ頼り時だと思わんのか……」

ナツカゲはアオシを叱《しか》らず、苦笑だけして、アオシを助けてくれた。

そこからは展開が早かった。

ナツカゲが行動を開始すると、あっという間にあの老人は逮捕されたし、芋づる式にペド野郎どもが検挙されたし、兎の獣人を含む子供たちは保護された。

「どうやって大人を動かすか、まぁとくと傍で見てろ」

ナツカゲに言われて、ナツカゲの傍で、ナツカゲがどう動くか見ていた。

正しい権力の使い途《みち》を知っている大人は、こうやって人を救うのだと教えられた。

ナツカゲはアオシになにも言わなかったし、隠していたけれど、たぶん、アオシへの暴行とバイク事故の件で、それなりの制裁も加えたのだと思う。

ナツカゲは怒るとこわいけど、それは、アオシの為の優しさだからこわくなかった。

ただ、この人はもしかして俺に対してものすごく甘いんじゃないか？　と、思い始めた。

あんまり甘やかされすぎて、この甘やかしにずっぷり慣れて、これが当然だと勘違いしないようにだけ気をつけようと気を引き締めた。

あぁ、本当に、俺ってなんにもできない無力なガキだ……。

そんな自己嫌悪に陥った。

「お前が地道に証拠固めしてたから、早く決着がついたんだ。いい仕事してたぞ」

ナツカゲはフォローしてくれたが、そういう情報を有効的に使えるのは、やっぱりナツカゲだからであって、アオシではこんなに上手に立ち回れなかったはずだ。

アオシが落ち込んでいると、ナツカゲは上っ面の慰めを投げかけるでもなく、叱咤《しった》激励するでもなく、愚かなことをしたと馬鹿にするでもなく、寄り添うように傍にいてくれた。

この人は、いったいどういう人なんだろう。

もうすこし、知りたいと思った。

結局、ナツカゲに借りたお金を返して、自立する資金が貯まったら家を出ていくつもりだったのに、怪我をしたり、腕を折ったり、バイクもおしゃかになったり、働き先からも暗に辞めてくれと請《こ》われ、独り立ちは先行きが不透明になり、ナツカゲにも「まだ早い」と反対されたこともあり、引き続き、アオシはナツカゲのところで世話になることが決まった。

「お前、いま俺の家を出ていってみろ、なんとしてでも連れ戻すからな」

なにをするにもアオシの意志を優先してくれるナツカゲが、この時ばかりは自分の意見を押し通さんと、強い口調でアオシに宣言した。

「俺がこわいとか、俺との生活がいやなら、お前はいますぐにこの家を出ていくべきだし、俺はそれを引き止めんが、もし、俺に遠慮しているなら、出ていくな。お前が出ていくくらいなら、俺が出て、この家、お前にくれてやる」

ナツカゲが強引に引き止めるかたちで、アオシをこの家に残らせてくれた。

「家、もらっても……困ります……」

アオシは、もう何度目か分からないナツカゲの優しさに触れて、涙した。

泣くつもりはなかったのに、気づいたら泣いていた。

その涙を拭おうと、ナツカゲが手を差し伸べてくれた。

「アオシ……」

「……っ」

アオシの手は、ナツカゲのその手を振り払った。

こんなにもナツカゲに感謝しているのに、尊敬すらしているのに、唯一信じられる大人なのに、涙を拭おうとしてくれたのに、ナツカゲに触れられることだけは難しかった。

「す、みませ……ごめ、なさぃ……、ナツカゲ、さん……」

「いや、俺が悪い。軽率だった」

それから先、いままで以上にナツカゲはアオシとの距離に注意を払ってくれて、物理的に触れることのないよう、よりいっそうの配慮をしてくれた。

この頃から、アオシは、ナツカゲが傍にいると胸が苦しくて、どうしていいか分からなくて、困るようになった。ちょっと前までは、ナツカゲと同じ空間にいることにも慣れてきた感じがあって、同じ部屋でテレビを見るくらいはできていたのに、この頃から、また、ナツカゲが傍にいるとドキドキして、気がついたらナツカゲの一挙手一投足を観察するようになっていた。

まるで、怯える小動物が大型獣からいつでも逃げられるように、その行動をじっと注視しているような、そうしないと落ち着かないような、見なくてもいいのにじっと見ていないと気が済まないような、ただただナツカゲがどう動くのかを見続けていたいような、とにかく、ナツカゲの行動が気になって、ナツカゲと一緒にいると不思議な感覚が押し寄せてきて、四六時中ナツカゲの動きや尻尾を目で追いかけていた。

こんなに素晴らしい人なのに、なんで俺はこんなにドキドキ怯えてしまうんだろう。

申し訳なさでいっぱいだった。

＊

アオシは、ナツカゲを単なる投資家だと思っていたらしい。

ナツカゲは投資もしているが、それは資産運用程度で、本業にはしていない。

資産運用で得たあぶく銭で悠々自適に暮らしている、というのが実情だ。

趣味で不動産を扱う会社をやっているが、そちらも人任せだ。

歴史的、文化的価値は高いが、存続の危うい邸宅を買い取り、可能な限りその価値を損なわぬように保存、改修し、個人や団体、公共機関、イベントや会議で使えるように貸し出している。スーツを着て出かけるのは土地家屋を購入する契約などの畏《かしこ》まった時だ。

ナツカゲには本業と呼べるものがなかったが、アオシと二人で護衛業を始めてからは、それが本業になった。

あの兎の獣人を助けた一件以来、アオシが本格的にそういうことを勉強し始めたので、ナツカゲも、「あいつがやることはいちおう確認しておくか、いざとなったら助けられるようにしとかんとな」という感覚は持っていた。

アオシは自分一人でそういう警備会社に就職して、修業して、経験を積み、資格を取って、資金が貯まったら独立するというお行儀の良い長期プランを立てていたが、それだと、アオシの目指すところとはすこし違うようで悩んでいるのが分かった。

どうやらアオシは、もっと身近な、自分の手が届く範囲の、それでいて助けを求めているのに助けてもらえない子供に手を差し伸べるような、そういうことをしたいように思えた。

「自分一人でやります」

当初は、我を張るアオシを見守った。

でも、ただ見守るだけではナツカゲのほうが我慢できず、「おい、俺もお前のやることに混ぜろ」と頼んで、仕事でもアオシの隣にいることを選んだ。

最初は、護衛業というよりも、自衛能力のない子供を、貧富の差で区別することなく守ることを主体とする会社を立ち上げることから始めた。

二人きりの会社だから、自分たちのできる範囲でできることをすると決めた。

児童買春組織や人身売買組織の撲滅に精を出すのではなく、それはそういうことを専門にする機関に任せて、アオシとナツカゲは、もっと身近な、それこそ、売り出し始めたばかりで事務所にも所属していない未成年モデルをストーカーから守る身辺警護など、高額な費用を捻出できない弱者を守ることに専念した。

こつこつ実績を積むうちに、ノウハウやツテもできるし、公共機関や同業他社の大手からも仕事を回してもらえるようになった。

会社を立ち上げたばかりの頃に護衛した売れないモデルが、超売れっ子モデルになってから再び護衛を依頼してくれたことがきっかけで、次第に、彼女の口コミで富裕層からの依頼も増え始めた。

金のあるところからは適正な代金をもらって、金のないところからは気持ち程度にもらう。そういう方針にした。

お金がないから守ってもらえない、というのはアオシにとって許せないことのようで、二人で仕事を始めるにあたり、これだけは譲れないし、お金にならない仕事もするし、偽善的でボランティアみたいな仕事になることもあると謝られた。

「すべては、お前の望むとおりに」

ナツカゲは、アオシの望むことをすべて受け入れ、叶《かな》えた。

実際のところ、仕事にかんしてはそんなに不安がなかった。

商売は順調に軌道に乗っていたし、コネもツテも増えてきて、仕事はひっきりなし舞い込んだし、いざとなればナツカゲ自身の資産を動かす心づもりもあったし、現状、ナツカゲの資産を持ち出さずとも回る程度には収入があった。

もちろん、アオシには、もしもの時はナツカゲの資産を使えばいいから安心しろ、とは言わなかった。

そんなことを言ったら、アオシのプライドを傷つけるし、ナツカゲの資産に手をつけなければならないほど自転車操業なのかと蒼白《そうはく》になるだろうし、土下座する勢いで謝って申し訳なさの塊みたいに遠慮して生きるだろうから、それは言わずにいた。

それよりも、ナツカゲの心配事といえば、いつもアオシのことだった。

アオシは、子供を救うことで、過去の自分も救おうとしていた。

自暴自棄というか、滅私奉公というか、子供を守る為なら、自分の安全を顧みないところがあった。ナツカゲは、アオシのその危なっかしい様子が気にかかっていた。

「ナツカゲさん、すみません、先月の経費落としの領収書、財布から出てきたんですけど、まだ間に合います？」

「おう、そこに置いとけ。……それよりアオシ、来週から二週間の予定の仕事だが、泊まり込みにしてほしいそうだ。問題ないか？」

「ないです。十五歳を筆頭に、十二歳、十歳、七歳の兄妹で、祖父母と暮らしてる子たちですよね？　じいちゃんが入院で、ばあちゃんが付き添いで泊まり込むっていう……」

「そうだ」

「でも、兄妹の一番下に女の子がいるから、昼も夜も女性のナニーが付き添うし、俺たちは学校への送迎だけって依頼じゃなかったですっけ？」

「十五歳が、祖父母不在の間に夜間バイトに出る計画を立ててるらしい」

「あー……めっちゃいい子ですね。でも、危ないし、未成年ですしね……」

「そういうわけだ」

「了解です。十五歳、特に注意して見ときます」

アオシと一緒に仕事を始めて、会話が増えた。

会話の糸口が見えた。

仕事という共通の話題があれば、ナツカゲとアオシは容易に話をすることができた。

日常生活では相変わらずほとんどまったくと言っていいほど接点がなく、キッチンで顔を合わせてもアオシが一礼して、ナツカゲが「おう」と応《こた》える程度だったが、仕事が絡めば普通に接することができた。

それでも、努力をすれば報われるものだ。

ナツカゲが忍耐に忍耐を重ねた結果、報われる日がきたのだ。

護衛業を始めて二年。一緒に暮らし始めて三年も経つ頃には、日常生活にも変化がみられて、アオシは自宅で食事を摂ってくれるようになっていた。

もちろん、ナツカゲは同じテーブルに着かない。

アオシ一人でなら、自宅の食卓で食事を摂るようになった、という意味だ。

ナツカゲが食事を作ってテーブルに置いておけば、それを食べるようになった。

やっと、ナツカゲが差し出した食べ物を食べてくれた。

ナツカゲにしてみれば、懐かない猫を餌《え》づけできた気分だった。

嬉しかった。

空になった皿が洗われて、シンクに干されていたのを見つけた時、とても嬉しかった。

テーブルに、「ごちそうさまです。うまかったです」と書いたメモまであった。

ただそれだけのことなのに、ナツカゲの尻尾は人生で一番忙《せわ》しく動いた。

いずれは、アオシが自分の料理を食べている姿を見られる日がくるだろうか……。食べ物を食べるアオシの無防備な瞬間を、この目で見られる日がくるだろうか……。アオシと同じ食卓に着ける日がくるだろうか……。アオシはどんなふうに食べるのだろうか。

どうか、アオシが毎日楽しく食事できる日がくればいい。そう願った。

いずれはそんな日がくるように、ナツカゲは、これまでにも増して、アオシの意志を、存在を、なによりも自分の人生の一番に据え置いた。

　そうして、ナツカゲの努力がさらに実ったのは、大きな仕事をひとつ終えて、半月ぶりに家に帰ってきた時だ。

「ただいまー……」

　疲れ切ったアオシが、家に帰ってくるなり、「ただいま」と言って、ソファにどっかりと座り込み、「あー……家が一番落ち着く」と脱力した。

　アオシは、ただいま、と声をかける習慣のない育ちだったらしく、ナツカゲもまた無理にそれを言わせるつもりがなかったから、この日が初めてアオシの口から自然と出た「ただいま」の言葉だった。

　ここがアオシの帰る家だと認識してくれていたことが、ナツカゲは嬉しかった。

　この家で寛《くつろ》げるほど自分を信頼してくれているのだと思った。

　ナツカゲがその場に立ち尽くして喜びを噛みしめていると、アオシがソファの背凭れに片肘《かたひじ》を乗せて振り返り、「ナツカゲさん、尻尾ぶん回しすぎ、……そんなに家に帰ってきたの嬉しかったんですか？」と笑った。

　目元をくしゃりとして、ナツカゲに笑いかけてくれた。

　ナツカゲに笑いかけてくれるほど心を開いてくれた。

　無邪気に、ナツカゲに笑顔を見せてくれるようになった。

　その表情が、言葉では言い表せないほど可愛かった。

可愛くて可愛くて仕方なくて、ナツカゲは「あぁ、この可愛い生き物に一生を捧げよう」と、改めてそう誓った。

それは、過去の償いからそう思ったのではなく、ただただ、目の前にいるアオシという生き物の笑顔を守る為に生きたいと思ったからだ。

「なんで俺に家のことさせないんですか？」

ある冬の年の瀬、アオシがそう尋ねてきた。

年末の大掃除をナツカゲ一人で済ませたことをアオシは怒っているようだった。

自分の家を自分で手入れするのが好きだったから、ナツカゲはハウスクリーニングを頼まなかった。

アオシは年越しの買い出しなんかを手伝ってくれたから、それで充分だと思っていたし、「なにか手伝うことありますか？　換気扇とか煙突の掃除とか、去年、ナツカゲさんのやってるの見て覚えたからできます」と申し出てくれたが、それもナツカゲが自分でするつもりだったので、「いや、俺がやる」と断った。

いつもなら、「分かりました」と引き下がるアオシが、「じゃあ、洗車とワックスがけしてきます」と食い下がってきたので「明日、俺がする。お前は部屋でゆっくりしてろ」と、また断った。

断り方が悪かったのだろう。それから先、アオシはナツカゲに内緒で家のことをするようになった。

ナツカゲとアオシが住んでいる家は、古い建物のせいか、間取りの都合上、屋根裏部屋や地下への階段など、どうしても改修できずに狭いままの場所がいくつもあった。

大柄なナツカゲでは細かい掃除が行き届かず、メンテナンスを入れるのが難しい場所も多かった。そういうところを、アオシがこつこつと手入れしてくれていた。

屋根裏部屋の蜘蛛《くも》の巣をとったり、地下への階段を補強したり、湿気やカビの予防をしたり、防虫剤を置いたり、ナツカゲがすることをよく観察して、ナツカゲが手入れするより丁寧に、それでいて、「そろそろこのあたりを手入れしないとな……」とナツカゲが思った時にはアオシもそれに気づいていて、三日後くらいにはアオシの手で手入れされている、という素晴らしい気配りをしてくれた。

だが、ナツカゲはアオシになにもさせたくなかった。

それは、自分の家を他人に触られるのがいやだから、という理由ではない。

むしろ、まるで自分の家のようにナツカゲの家を大事に扱ってくれるアオシには感謝していた。

手放しで褒めて、猫可愛がりして、アオシがひとつなにかするたびに絶賛したくなるほど、アオシには助けられていた。

ただ、いやなものは、いやだった。

どうしても、アオシにはなにもさせたくなかった。

だって、アオシが怪我をしたら可哀想《かわいそう》だ。

換気扇や煙突の掃除、蜘蛛の巣をとっている時に踏み台から滑り落ちたり、冬場に洗車をして手が荒れたり、階段を踏み外したり、木造の手すりの木のささくれが指に刺さったり、古い釘《くぎ》で怪我をしたり、除湿材や防虫剤の匂いで気分が悪くなったり……。

とにかく、可愛いアオシが怪我をしたり、具合が悪くなったりするのがいやだった。

だから、「お前はなにもしなくていい」と言ってしまうのだ。

ナツカゲがアオシになにもさせないのは、なにもさせずに甘やかしたいからだ。

アオシが、ただただ、ナツカゲの縄張りで、ナツカゲの家で、リビングのソファでだらっとしてくれている姿を見るだけで癒やされる。気まぐれな猫みたいに、まるでこの家の主《あるじ》みたいに寛いで、美味《おい》しそうにご飯を食べて、よく眠ってくれれば、それでいい。のんびりぼんやりしながらテレビを見てアイスを食べている後ろ姿なんて、もう、べらぼうに可愛い。

生きているだけで、朝から晩までずっと可愛いのだ。

なにが可愛いのかよく分からんが、とにかく、すべてが可愛いのだ。

家事や炊事も同じだ。そんなことをして、手が荒れたり、怪我をしたり、火傷《やけど》をしたり、肩が凝ったり、腰を痛めたりしたら可哀想だ。

そんなことをさせるくらいなら、ナツカゲは自分でする。

暴漢に襲われた時も、腕の骨を折った時も、仕事で怪我をした時も、「お前はもう一生、家の中にいてくれるだけでいい」と言いそうになったのだ。

それでも、ナツカゲは、アオシが仕事をしたり、家のことを手伝ってくれるのを、「しなくていいぞ」とは言いこそすれ「やめろ」とは言わないように気をつけた。

バイクに乗るのだけはやめてほしいが、アオシはバイクに乗るのが好きなようだし、安全運転を心がけているから、それもまた無理強いはしないように気をつけた。

家のことをしてくれるのはアオシの善意であり、働いて自立しようと頑張るのもナツカゲに迷惑をかけないように……というアオシの努力だと分かっている。

ナツカゲの世話になっている。アオシはそう思って、遠慮して、気を遣って、なにかひとつでも役に立とうと健気に頑張っている。

だが、それは見当違いだ。

アオシはナツカゲの人生の中心で、優先順位の一番目だから、ナツカゲの家で暮らしてもらっているのだ。アオシが一人暮らしするなんてことになったら、心配で心配で気が気でなくてペットカメラを家ぜんぶに設置したくなるくらい心配で居ても立ってもいられず夜も眠れそうにないから、ナツカゲの家で暮らしてもらっているだけだ。

だから、アオシはなにもしなくていいのだ。

生きているだけで可愛いのだから、すべてナツカゲに甘えてくれていいのだ。

結局、その年の大晦日《おおみそか》、アオシは「なにか役に立ちたい。ナツカゲさんを手伝いたい」という意思を曲げず、大掃除でおおいに活躍してくれた。

「ナツカゲさん、見て。部屋、めっちゃ明るくなった」

脚立に立ったアオシがナツカゲを見下ろして、きらきらした笑顔で笑いかけてくれた。埃《ほこり》を拭い終えたばかりの照明器具に灯りを点《つ》けたから、余計にきらきらと眩《まぶ》しく感じたのかもしれないが、アオシの虹色の艶《つや》を帯びた白銀の髪や、螺鈿《らでん》細工のような白銀の瞳が、キラキラと照明に反射して、美しかった。

ナツカゲにだけ微笑みかけてくれるその姿は、聖者そのものだった。

後光すら見えた気がした。

あまりにも美しすぎて、ナツカゲは、アオシが脚立から落ちた時にいつでも抱き留められるように両腕を開いたまま、「ちゃんと照明のスイッチを切ってから掃除したのが、とてもえらいと思う。そのまま掃除すると電球で火傷するからな」と的外れな褒め方をしてしまった。

「でしょ？　俺、前にナツカゲさんの言ってたことちゃんと覚えてたんですよ」

アオシは、もう一度、得意げな表情でナツカゲに笑ってくれた。

片頬を持ち上げるように、頬をくしゃりとしたその笑い顔がまた特別可愛くて、「神は我に聖者を遣わしたもうた」と天を仰いだ。

この時ばかりは、特段、普段から信心深いわけでもないのに、四方八方、八百万《やおよろず》、天地あまねくすべての神々に感謝した。

この世に、こんなに可愛い生き物が生まれてきたことが奇跡だと思った。

この奇跡を、もう二度と傷つけてはならない。

こんなにも美しい生き物を、もう二度と穢してはならない。

ナツカゲの縄張りで守らなくてはならない。

アオシを見ていると、時折、無性に、可愛さのあまり、そのうなじを噛みたい衝動に駆られたり、脚立から下りる時に抱いて下ろしてやりたいと思ったり、深夜の仕事帰りに助手席で寝こけている横顔に目を奪われたり、なにかと触れて構い倒して猫可愛がりしたい衝動に駆られてしまうが、それはきっと奇跡を己のものにしたいという愚かな獣の独占欲でしかない。

アオシの背後に立っていると、背中からがばりと抱き込んで、己の巣穴に持ち帰って、己の寝床で餌《えさ》を与えて、毎日抱いて眠りたいと思ってしまうのだ。

狼が小動物に抱くのと同じような欲求を、アオシに抱いてしまうのだ。

アオシは、不意にナツカゲとの距離が縮まった時に、ナツカゲに対して怯えを見せることを「すみません……」と謝るが、そんなことで詫びる必要はないのだ。

謝るべきは、ナツカゲなのだ。

知らず知らずのうちに、捕食者の欲が漏れてしまうナツカゲが悪いのだ。

ナツカゲの、狼としての本能が悪いのだ。

アオシと一緒にいたいなら、ナツカゲは一生ずっとそれを隠し通すべきなのだ。

美しい生き物には、触れてはならない。

触れると、怯えさせてしまうから。

ナツカゲは、この生きる奇跡がいつも笑っていられるように、この奇跡が望むままに、まるで牙を抜かれた獣のように振る舞うのだ。

愛《いと》しい奇跡の足もとに傅《かしず》くように。

【4】

アオシは、時々、子供を守る為《ため》になら見境がなくなる。

自分の身を顧みない。

仕事中は特にそうなることをアオシ自身も自覚している。

これまでも、ナツカゲにも何度か忠告されていた。

ナツカゲは、くどくどと説教をするのではなく、改善点を指摘してくれて、いつもアオシのフォローに回ってくれていた。アオシの暴走でナツカゲが怪我《けが》をするのはいやだから、アオシも、できるだけ自制するようにはしていた。

でも、どうしても……。

ヨキが泣くかもしれないと思ったら、動かずにはいられなかった。

ヨキの父親が殺されるかもしれないあの状況で、アオシはそれを見過ごすことができなかった。

それに、ヨキのことはナツカゲが守ってくれる。

その確証があったから、アオシはあんな無茶ができた。

いつもそうだ。アオシの無茶や無謀は、ナツカゲのフォローがあるという信頼が根底にあってこそできることで、アオシ一人の力ではできない。

アオシは、こんなにもナツカゲに助けられている。

それがありがたくも申し訳なかった。

ヨキの両親は、無事に逃げられただろうか……。

やっとヨキを家族のもとへ返してあげられると思ったのに……。

ヨキの両親を捕まえたという言葉は、最後まで敵側から聞こえなかったから、おそらくは逃げられたはずだ。

「アオシ、おめめいたい？」

「……っ、いや、痛くねぇよ。大丈夫」

膝《ひざ》のあたりにヨキの小さな頭が乗せられる。

アオシは物思いをやめて、ヨキの声がするほうへ顔を向けた。

「痛かったら、ヨキに言ってね。ヨキずっとここにいるからね」

「うん。痛かったら言う。ありがとな」

手を持ち上げ、ヨキの頭を撫《な》でる。

でも、すこし位置がずれているのかして、アオシの手は宙を掻《か》く。

「ヨキのあたま、ここ」

アオシの掌《てのひら》に、ヨキが自分から頭のてっぺんをすり寄せてくる。

どうやら、ヨキはソファに寝転がって、アオシの膝に頭を乗せていたらしい。アオシは、小さな虎耳《とらみみ》の間の頭を撫で、ぐしゃぐしゃに掻き混ぜてやる。

「……朝、ナツカゲにきれいにしてもらったのに……」

「ごめんごめん」

今朝《けさ》、ヨキはナツカゲにブラッシングしてもらっていた。

昨日まではアオシがしていたが、今日のアオシは、自分の身の回りのことすらままならず、ヨキの世話を焼ける状態ではなかった。

アオシは、敵の閃光弾《せんこうだん》を近くで見すぎて、目をやられた。

視力を失ったわけではない。一時的に視力が落ちただけだ。

医者からは、当分、目を使ってはいけない状態だと診断をもらった。

あの時、あの夜、閃光弾だと気づいた時に、咄嗟《とっさ》に光源から背を向け、両目を瞑《つむ》り、掌で守ったが、守り切れなかった。

それでも、多少は視界が確保できたので、その状態で敵陣を突っ切って逃げた。

ナツカゲが、アオシの逃走経路を推測して迎えにきてくれなければ、きっと逃げ切れなかっただろう。

もともと、アオシは目の色素が薄いから、光に弱い。

いまも、ぼんやりと見えるけど、使うなと医者から厳命されているので、両目ともに包帯を巻いて、目を瞑った状態で生活している。

これが、とても不便なのだ。

ついつい、目を開けて使ってしまいそうになる。

いまは昼間だけれど、家屋のすべて、アオシのいる場所は部屋のカーテンを閉めて、光源をすべて取り除き、照明も点《つ》けず、目に負担のないようナツカゲが配慮してくれている。

ヨキは、「まっくらこわくないよ」と、ナツカゲと二人して、それぞれ虎と狼《おおかみ》の目をキラキラ光らせているから、生活にはまったく不便がないらしい。

高台でヨキの両親と待ち合わせたのが今日の午前三時。

ナツカゲの運転する車で、口の堅くて腕の良い医者のところへ立ち寄り、家に帰ってきたのがついさっき。

ヨキが、「尻尾《しっぽ》どうぞ」と言って尻尾を握らせてくれて、アオシの前を歩いてくれたから、なんとか自力で家まで歩いて入れた。

ナツカゲは、先んじて車の乗り降りを補助してくれたり、部屋の扉を開けてくれたり、アオシが躓《つまず》かないように進路にあるラグをめくってくれたり、机を移動させてくれたり、アオシに触れずに、アオシのサポートをしてくれた。

そして、このソファに腰を落ち着けたのが、三十分ほど前だ。

「おとうさんとぱぱ、だいじょうぶかなぁ……」

ヨキはいいこだ。

両親とまた離ればなれにされたのに、泣き言ひとつ言わない。

それどころか、アオシの心配をしてくれて、ずっと傍《そば》に寄り添ってくれる。

自他ともに認める泣き虫なのに、すんすん鼻を鳴らしては、ちっちゃい声で、「よき、がまん……」と自分に言い聞かせている。

「あおし、よきのことだっこして」

「……ほら、こっち来い」

手探りでヨキを抱き上げて膝に乗せる。

ヨキはアオシの懐で丸まって、子犬みたいになる。

「なんにも我慢しなくていいんだからな。子供は、泣きたい時に泣いていいんだ」

アオシは、こういう時に上手に声をかけられない。

ヨキの静かな泣き声を聞きながら、背中を撫でてやることしかできない。

そうするうちに、ヨキは泣き疲れて眠ってしまった。昨夜は、ヨキもほとんど眠っていない。たくさん興奮しただろうし、気を張り詰めていたはずだ。それが徐々にほどけて、眠気が限界にきたのだろう。

「……っと、どこだ……」

ソファの端へ手を伸ばす。

このあたりに、ヨキのお昼寝用のブランケットを置いていたはずだ。

見えないのがまどろっこしくて、アオシが包帯を解こうとすると「アオシ」と声をかけられて、慌てて包帯から手を離した。

ナツカゲだ。

「目は使うな」

「……ちょっとだけ、ヨキのブランケット探してて……」

「ここだ。ヨキごと貸せ」

ナツカゲは眠るヨキを預かってブランケットに巻くと、ソファに寝かせる。

「…………」

アオシは、ナツカゲの匂《にお》いや、動く時の衣擦《きぬず》れの音を追いかける。

ナツカゲとの距離が分からない。

いまも、ヨキを渡すのに手を差し伸べた時、アオシの想像よりもずっと近くでナツカゲが動いて、驚いた。

「アオシ、どうした？　具合が悪いか？」

「……いや、なんでもない……です」

驚きはしたが、いつもみたいに怯《おび》えて、びくついて、ナツカゲから物理的に離れようとは思わなかった。

見えないから、距離をとるタイミングを間違えた。

でも、わざわざいまから改めて距離を取ろうと思うほどこわくはなかった。

「腹は空《す》いてないか？　いちおう、メシの支度はしたんだが……」

「……空いてます」

「ヨキは目が醒《さ》めてからだな。……立てるか？」

「はい」

ソファから立つなり、もふっ、となにかに埋もれた。

その正体が分からずに、……正確には、すぐになにか分かったけれど、その答えを受け入れるのにすこしの猶予が必要で、「……これはナツカゲさんの胸のふかふかでは？」とじっくり考えてしまった。

弾《はじ》かれるようにナツカゲから離れるでもなく、後ろへ仰《の》け反《ぞ》るようにして距離をとるでもなく、その場で固まってしまった。

「大丈夫か？」

「大丈夫、です……」

アオシは、そっとナツカゲの胸から離れる。

「すまん、躓いた時に支えられるように傍に立ってたんだが……」

「……あの、傍って……、そんなに近くにいるんですか？」

「もうすこし離れるか？」

「いや、距離感分かんないんで……大丈夫です」

どうしよう、分からない。

あんなにこわくて、あんなに距離をとっていたのに、視界にナツカゲが入らないだけで、傍にナツカゲがいてもこわくない。

普通なら、目が見えない状態で、こわい存在が傍にいたら、もっとこわくなるはずなのに、こわくない。

こわくないけど、ドキドキはする。

だって、さっき、ナツカゲの胸に埋もれた時、いいにおいがした。

ナツカゲのにおいがした。

なんなのだろう、これは……。

一体全体、自分はどうしてしまったのだろう。

こわくないのに、ドキドキは止まらない。

「尻尾、摑《つか》むか？」

「え、あ……はい」

ナツカゲの言葉の意味を咀嚼《そしゃく》する間もなく、反射で返事をする。

返事をしてから、「え、っ……尻尾?」と思って顔を上げると「目は閉じる」と言われて、慌てて包帯の下の目をぎゅっと閉じた。

すると、指先にふわふわの毛先が触れた。

ヨキの産毛みたいな尻尾とは違って、ちょっと硬さのある、やわらかい毛だ。

しゅるり、するり……。アオシの爪先《つめさき》に触れて、アオシが怯えないのを確かめてから、掌にもふっとフィットした。その感触を確かめるように、アオシが指をちょっと曲げて尻尾に手を添えたら、手首のあたりに絡んできて、肘《ひじ》までくるりと巻きついてきた。

ナツカゲはアオシを驚かせないように、ちょっとずつ尻尾に慣れさせてくれる。

ほんのりあったかくて、綿布団みたいにすべすべで、ぎゅっと握ると指が沈み込んで、ふんわり跳ね返るような感触があって、掌も、指も、ぜんぶ気持ちいい。

「ダイニングのテーブルまで歩くぞ」

「……はい」

尻尾が、く……と前へ動く。

ゆっくり、ちょっとずつ。アオシが安全に歩ける速度と道筋を選んで、ダイニングまで案内してくれる。落ち着いた足取りと、ナツカゲの尻尾のおかげで、暗闇《くらやみ》を歩くのもちっともこわくない。

「着いたぞ。椅子《いす》はここだ」

尻尾がアオシの手からするりと抜けて、ナツカゲが椅子を引いてくれる。

アオシはなんとなく心許《こころもと》ないような、さみしいような気がして、尻尾を握っていた手を何度か閉じては開いてを繰り返し、ダイニングテーブルに手をついてゆっくりと席に腰を下ろした。

なにをするにも時間がかかって、すごく不便で、恐る恐るで、アオシは、早くもそれがうんざりだった。

うんざりだったが、すぐさま気の晴れるような喜びが発生した。

「サンドイッチだ」

アオシは、匂いで献立を言い当てる。

しかも、アオシの好きな牡蠣《かき》フライのサンドイッチだ。

あまりにも嬉《うれ》しくてアオシの声が明るくなると、ナツカゲの尻尾がぱたぱた揺れる音が聞こえた。

「簡単に食べられるものにした」

「ナツカゲさん……まさか、帰ってきてからフライ揚げたんですか？」

「すぐに調理できる牡蠣を買ってあったから、どっちにしろ使ってしまわんともったいないことになるからな」

「でも、そんな面倒な……。ああ、そっか、昨日の夜、ヨキを両親に無事に返せたら、お祝いするつもりだったんですね？」

「まぁ、そんなところだ」

「ナツカゲさん、たまには自分の好物作ったほうがいいですよ。ナツカゲさんが料理する時、いっつも俺の好きなのばっかり作るじゃないですか」

食べる時間は別々だし、ナツカゲが用意するのだから、ナツカゲの好きなものを作ればいいのに、ナツカゲはそうしない。

「お前が家で食わない日は、俺の好きなものも作ってる。……いいからほら、熱いうちに食え。火傷《やけど》はするなよ。水はここだ。いつものグラスに入ってる。コーヒーか紅茶を飲むなら言え。零《こぼ》すといけないから、まだカップには注《つ》いでない」

相変わらず、ナツカゲは至れり尽くせりだ。

狼とは、みんなこんなふうに面倒見が良いのだろうか……。

「いただきます」

アオシがテーブルに手を伸ばすと、ナツカゲが、牡蠣フライサンドを乗せた皿を手元に寄せてくれて、手に持たせてくれる。

そのまま、ナツカゲの手で、唇にバンズの端を触れさせてもらい、食べる位置を確認させてもらって、そこから先はアオシ一人で手に持って、大きな口でかぶりつく。

ピクルスとケッパー、オリーブの入ったタルタルソースは風味も爽《さわ》やかで、たっぷりのチーズが牡蠣フライの熱で程好くとろけている。歯先が牡蠣フライに到達すると、薄い衣が、じゃくっと音を立てて、牡蠣の肉汁と旨味《うまみ》がいっぱい溢《あふ》れる。

嚙《か》んでいるうちに口のなかで美味《おい》しさが増して、飲み込むのがもったいなくなるけど、次のひと口を早く食べたくてたまらない。

こくんと飲み干すと、また次のひと口を頰張《ほおば》る。

「焦るなよ」

「……ん」

返事の代わりに、こくんと頷《うなず》く。

目が見えないから、ほかの感覚が鋭敏なのだろうか。

いつもより美味しい気がする。

「あ……、っと」

最後のひと口になると、サンドイッチの反対側からソースが零れて、右手にとろりと垂れた。

「拭《ふ》いてやるからじっとしてろ」

「……すみません」

ナツカゲの手がアオシの右手をとり、紙ナプキンで拭《ぬぐ》ってくれる。

「……すまん」

アオシの手を拭いながら、なんの予告もなくアオシの手に触れたことに気づき、ナツカゲが謝った。

「大丈夫です。……なんか、変ですよね。すいません……」

アオシもアオシで、当たり前のようにナツカゲに手を拭いてもらっていた。

ナツカゲが再度謝ってから手を放すので、「なんだろ?」と不思議に思って、そこでやっと、「あ、ナツカゲさんが俺に触れたんだ」と、気づくほどだった。

そして、アオシが「触られても大丈夫でした」と言う前に、ナツカゲの手はなんの未練もなくアオシの手から離れていた。

なんともいえぬ、会話のない微妙な空気が流れる。

アオシは食べることに集中した。

最後のひと口を食べて、ナツカゲに水のグラスを持たせてもらい、それを飲んだ。それから、もうひとつ牡蠣フライサンドを食べて、海老のオムレツと魚介類のスープストックで作ったスープ、サーモンサラダを味わった。

ナツカゲはいつも食材を切らさないし、すぐに食べられるものを用意してくれている。

アオシは、ナツカゲがキッチンに立って、スープストックや保存食を作る姿を見るのが好きだ。

テレビを見ながらアイスを食べるフリをして、時々、キッチンのほうを見て、ナツカゲのエプロン姿を見るのが好きだ。

いい匂いがしてくると、口端が勝手にゆるむ。

外から帰ってきた時に、できたての料理の匂いがすると、「やった！」と思う。

でも、アオシの為に料理を作らせるのは間違っていると思うし、ナツカゲが手間暇かけて作ったものをなんの徒労も提供せずに相伴にだけあずかるのも筋違いな気がする。

だから、どれだけ毎日この料理を食べたくても、それをナツカゲに言ってはいけないし、できるだけ外食で済まして帰ってくるように心がけている。

「コーヒーと紅茶、どちらにする？」

「紅茶にします。……ナツカゲさんはちゃんとご飯食べました？」

「揚げ物しながら、先につまみ食いした」

「ずっと俺の傍で俺が食べるの見守っててつまんなかったでしょ？　もう大丈夫なんで、ナツカゲさんも休憩してください」

たぶん、ナツカゲは、アオシの傍に椅子を引いてきて、そこへ腰かけている。

アオシがオムレツを食べるならフォークを握らせ、スープを飲むならスープマグを持たせ、サラダは食べやすいようにワンスプーンに盛って、それを手渡してくれた。

「お前が食事をするところを見るのは初めてで、なかなか嬉しかった」

「……？」

「俺の料理を、いつもこんなふうに美味《うま》そうに食ってくれていたんだと思うと感慨深い」

「こないだから、ナツカゲさんの前でヨキとホットケーキ食べたりしましたよ」

「お前、ほとんど食べずにヨキの世話ばっかり焼いて、あとで掻き込んでただろ」

「……まぁ、そうですけど……」

「だから、今日が初めてだ。お前がゆっくり俺の作ったものを食って、味わってくれる姿を見るのは。……嬉しいもんだな」

「そう、ですか……あの、いつも、美味しいごはん、ありがとうございます……。あの、いつも、ほんとに、メシが美味いので……感謝してます」

「なら、家で食う日をもうすこし増やすのはどうだ？」

「迷惑じゃないですか……」

「お前なぁ……、六年も一緒に暮らしてて、メシが別々のほうが面倒だぞ」

「そうなんですか？」

「同じ家で暮らしてる家族が、同じ家の食卓に着いて、そいつが、こんなにも美味そうにメシを食ってくれるなら作り甲斐《がい》もあるが、一人だと味気ない。一人分作るも二人分作るもさして変わらない。それに、今日は家で食うのか食わないのか、ちゃんとメシを食ってるのか食ってないのか、そういうことを心配しだすと際限がない」

「……すみません」

「できる範囲で構わん。家で食ってくれると、俺としては嬉しい」

「……いやじゃないですか？」

「なにが？」

「昔のこと、思い出しませんか？　……俺は、その、ちょっと……思い出します。ナツカゲさんがそれでいやな思いするなら、俺は別々にメシ食ったほうがいいかな……って思います」

「お前が思い出すなら、やめよう」

「いや、その……、あの……思い出すといやなんですけど、なにがいやなのか、よく、分かんなくて……」

六年前、お互いの同意なくナツカゲと行為に及んだ。

それは薬のせいで、どちらも悪くないと分かっている。

ただ、アオシはナツカゲに触れられることが恐ろしいと思っていた。

今日までは、そう思い込んでいた。

でも、今日、……いまのアオシは、そうではないと気づいた。

かつてはナツカゲに触れられることが恐ろしかったのかもしれない。

それは事実だ。

あの、圧倒的な獣欲を前に、無力な自分は成す術《すべ》もなく快楽の底に突き落とされて、肉欲にひれ伏して、自我も尊厳も奪われて、獣になって、あさましく交尾をねだった。

もしかしたら、そんなふうになった自分のことも恐ろしかったのかもしれない。

でも、いまは、あの獣じみた交尾がこわいのではない。

目の前にいる狼が恐ろしいのではない。

では、なんなのか……。

「お前は、食事に薬を盛られたってことが恐ろしかったんだろうな」

「……あぁ、そっか」

そうだ、それが恐ろしかったのだ。

日々の楽しみである食卓で、家族だと信じていた者から毒を盛られて、それが恐ろしかったのだ。食卓というものが、食事を楽しみ、会話を楽しみ、家族団欒《だんらん》のひと時を過ごす大切な場所ではなく、己の生命や将来、運命を脅かす場所になってしまった。

食事という、毎日、口に入れるものに毒が入っているかもしれない。

たった一度の経験で植えつけられたその恐怖は、アオシの認識を変えてしまった。アオシにとって、食事は気の休まらない危険なものでしかなくなってしまった。

特にアオシは家族と暮らした時間が極端に少ない。ただでさえ食卓に良い思い出がないのに、いやな記憶だけが足し増しされてしまった。

「ナツカゲさんの作ってくれる料理は、こわくないです。美味しいし、あったかいし……、ナツカゲさんのご飯ならたくさん食べられるんです。それって、ナツカゲさんのこと信じてるからですよね」

家族よりも、ナツカゲのほうが信じられる。

六年かけて、すこしずつではあるけれど、そういうふうになった。

「そうだな。お前が俺を信じてくれたから、いま、俺はこうしてお前とこんなふうに話ができてる」

「……こんなふうに仕事以外でたくさん会話するの、初めてかもしれませんね」

「そうだな」

「俺、ナツカゲさんの作ってくれる料理、好きです」

「俺は、お前がたくさん食ってる姿を見るのが好きだ」

「……ナツカゲさん？」

鼻の先に、濡《ぬ》れた感触がある。

犬の湿った鼻が、ちょん、とくっついたような、そんな感触だ。

「紅茶が冷めたな、淹《い》れ直してくる」

ナツカゲが席を立つ。

「…………」

アオシは、自分の手で自分の鼻先に触れてみる。

いまのは、なんだろう。

狼の獣人がよくする親愛の証《あかし》だろうか……。

あぁ、なんでだろう、やっぱり、また、どきどきする。

＊

ヨキのことは、次の手段を考えてあった。

敵への対処の仕方も講じていた。

国軍や警察を動かせるほどの敵ともなれば、自《おの》ずと、その正体は限られてくるからだ。

アオシとナツカゲは、ヨキの安全確保を第一に考えつつ、これまでとは別方向からの解決の糸口を見つけ出していた。

だが、それを行動に移すには下準備というものが必要で、アオシの目が使えないいまは、じっと忍耐の時だった。

「目が見えんと気疲れするだろ、一回寝ろ。ヨキは俺の部屋で寝かせておく」

「ナツカゲさんも……」

「分かった。なら、いつもどおり三時間交代で仮眠だ」

「でも……ご飯も用意してもらったし、ナツカゲさん、先に寝てください。そうしないと、ナツカゲさん、いまからヨキの両親と連絡とる手段とか探すでしょ？」

「そうだな。……だが、まぁ、それよりちょっとこっちに来い」

「はい」

ナツカゲに促されて、またナツカゲの尻尾を摑んで歩く。

六年も暮らしている家だから、家のどのあたりを歩いているかは、角を曲がった回数、足の裏の感触や歩幅で覚えているのだが、これは……。

「着いたぞ」

「ナツカゲさん、ここ、俺の部屋」

「そうだ。いま、ドアの前に立ってる。自分の部屋なら歩けるな？　なにかあったら携帯電話……が無理なら、声で呼べ」

ナツカゲは、アオシの部屋のドアを開けて、アオシだけを中へ入らせる。

「騙《だま》し討ちされた気分です」

「怒ったか？」

「怒ってないですけど……いっつも俺が先に休むじゃないですか」

「お前より俺のほうが体力も持久力もあるからな」

「うまいこと言い包《くる》められてる気分です」

「大人はそういうずるい生き物なんだよ。……あぁ、でも、俺以外の大人の男は信じるなよ。お前みたいなのは獲って食われるからな」

「……？」

「そもそも、お前はなんでもかんでも俺の言うことを鵜呑《うの》みにするし、俺のことを信じすぎだ。今日だってこんなに簡単にここまで連れてくることができた」

二十三歳になっても、あまりにもナツカゲに対して素直で可愛《かわい》らしいから、こんなにも信じられてしまうと心配になる。

「だって、いまのとこ、この世で一番信じられるのナツカゲさんだし……」

「そりゃそうかもしれんが、もし、俺が……」

俺がお前に手を出しても、まっすぐ清らかな瞳《ひとみ》でナツカゲを見つめて、「具合でも悪いんですか？」と心配してくれそうなところが、心配になるのだ。

「俺が……？　どうしたんです？　とにかく、俺はナツカゲさんのこと信じてますから。そんなの当たり前じゃないですか。……じゃあ、ナツカゲさんに甘えて先に仮眠とるんで、ちゃんとあとで休んでくださいね」

アオシは自分の部屋へ一歩足を踏み入れる。

ベッドで横になるところまで見届けてから、ナツカゲは「おやすみ」と言って扉を閉じてくれた。

ナツカゲは、相変わらずアオシの部屋には入らない。

アオシは、ベッドカバーをかけたままのベッドへ仰向けに寝転び、ズボンのポケットの携帯電話を頭の傍に置いて、口頭でアラームを三時間にセットし、目を閉じたまま何度かゆっくりと深呼吸する。

うとうとと転寝《うたたね》をしては目を醒ますというのを何度か繰り返したものの、心のどこかが落ち着かなくて深く寝入ることもできず、携帯電話へ、「いま何時？」と問いかける。

間もなく、機械音声が時刻を伝えてくれる。まだ一時間も経っていない。

どうにも寝つけない。

アオシは起き上がり、バスルームへ向かった。自分の部屋の家具の配置は覚えているから、家具や壁を頼りに洗面所へ辿《たど》り着き、包帯を外して顔を洗う。

医者から、洗顔や入浴は問題ないと言われている。

アオシは服を脱ぎ、シャワーブースへ入った。シャワーを浴びるくらいなら、自分一人でできる。気分転換にもなって、すっきりするかもしれない。

頭から水を浴びて、しばらくじっとしている。十分か、二十分、水の冷たさを感じて、左手を伸ばしてシャンプーボトルを探す。ボトルはすぐに手に触れたが、その隣の石鹸《せっけん》が落ちた。

石鹸を置いていた陶器のケースごと落ちて、思いのほかに大きな音がする。

割れた音はしていないし、足もとに破片が散った感触もない。だが、これを拾っておかなければ、シャワーブースを出る時に石鹸を踏んで滑って転んで頭を打って死亡なんてことになるかもしれない。そういう間抜けな事態だけは避けたい。

「はー……めんどくせぇ」

シャワーを止めてしゃがみこんで石鹸を探そうとした時、ナツカゲが部屋の扉を叩《たた》いた。

「おい、大丈夫か！　アオシ！」

「……うわ、そうだった……バスルームの音、聞こえるんだった……」

上下水道の都合で、ナツカゲの部屋のバスルームとアオシの部屋のバスルームは壁一枚隔てただけの造りになっている。

眠るヨキをナツカゲの部屋のベッドルームに寝かせると言っていたから、ナツカゲ自身も自室にいたはずだ。多少は物音が響いたに違いない。

「アオシ！」

「……す、いません！　大丈夫！　大丈夫です！」

アオシは足もとを確認しながらシャワーブースを出て、定位置にあるバスタオルをひったくって腰に巻き、壁伝いに、できるだけ大急ぎでドアまで急ぐ。

「お前、なにしてんだ……」

「なにって……シャワー……」

「……は、……はー……心配させんなよ……」

見えなくても分かるほど、ナツカゲが大きく肩で息をする。

「すいません。ちょっと石鹼のケースごと落としました」

「風呂《ふろ》に入りたいなら言えよ……、手伝ってやるから」

「大丈夫です、……っ、っと」

腰のバスタオルがずり落ちる。

それを両手で摑み、腰に巻き直すが、うまくいかない。

ドアの前でおたおたしているうちに、ぼたぼたと体や髪から雫《しずく》が落ちて、何度も足が滑りそうになる。

「危ない」

見ていられなかったのだろう。ナツカゲがアオシの腕を摑んで支えてくれる。

「……な、つかげ、さ……っ」

ナツカゲの手が、自分の体の一部に触れている。

その事実を斟酌《しんしゃく》するより先に、手を引かれ、ナツカゲの部屋へ連れていかれる。

十歩ほどの移動の間に、アオシがまた滑りそうになると、そのたびにナツカゲが助けてくれる。

「お前の部屋のバスルームと基本構造は同じだ。バスタブの形も同じだ」

ナツカゲの部屋のバスルームらしき場所へ辿り着くと、ナツカゲがそう説明して、アオシはバスタブに入れられた。

ナツカゲが蛇口をひねり、すごい勢いでお湯が満たされていく。

ここまで、ナツカゲはほとんどアオシに触れていない。最初に掴んだアオシの腕以外は、言葉と尻尾で誘導するという徹底ぶりだ。

アオシがバスタブで膝を三角に立てて小さく縮こまっていると、「お前な、どれだけ長時間、水風呂に入ってたんだ」と説教されて、腰を隠していたバスタオルを渡すよう言われる。

アオシは考えるより先にナツカゲの言葉に従って、「五分か十分くらいだと思います」と答えながらバスタオルをナツカゲに渡す。

あっという間のことで、頭が追いついていなかった。

そうする間に、肌にくすぐったい感触があって、それを手で掬《すく》うと泡の感触があった。

ナツカゲが泡風呂にしてくれたのだろう。

「ナツカゲさん、ヨキは……？」

「ちゃんと寝てる。ヨキの心配より、体を温めろ。なんでそんなに冷やすまで水浴びしてんだ、お前は……」

「……すみません」

「ちょっとそのままじっとして温まってろ。すぐ戻ってくる」

ナツカゲはアオシに声をかけ、バスルームを出ると、ものの数分で戻ってきた。

「お前の着替え、持ってきた」

共用部分にある洗濯機で乾燥していたアオシの下着を持ってきてくれたらしい。

肌着類は洗濯済みがあったが、Tシャツやスウェットなどの着るものは洗濯前なので、風呂上がりはナツカゲのシャツを借りることになった。

「……頭は、洗うか？」

ナツカゲの声は、怒っているふうではなく、呆《あき》れて、心配しているような口ぶりだ。

「洗います。自分でできます」

アオシがそう答えると、掌にシャンプーを落としてくれる。

アオシは顔を俯《うつむ》けて、がしゃがしゃと力任せに洗った。泡が顔に流れ落ちてくるから、それを手で拭おうとすると、「待て」と言われて、ナツカゲが乾いたタオルで拭き取ってくれる。

「ほんと、すみません……すぐ洗って出るんで……」

「俯いて洗うな。泡が目に入る」

「癖なんで……なんか、仰向けが落ち着かなくて……」

「分かった、これで押さえてろ」

「はい」

ナツカゲにタオルを渡されて、両手で目の周りを押さえる。

真横で待機していたナツカゲが動いて、バスタブのふちに腰かけた。

「頭、触るぞ」

「……？　あたま……」

「そう、お前の」

そう答えながら、ナツカゲは自分の服の袖をまくっている。

「はい」

髪や頭に触れられたら、どうなるんだろう。

ほんのすこしのこわいもの見たさもあって、許可していた。

自分から、この男が触れることを許した。

触れられた瞬間、ぞわっと全身が総毛だった。背骨が震えて、痺《しび》れが走って、ぎゅっと身を縮こまらせた。それはナツカゲにも伝わったようだが、ナツカゲが手を引く前に、アオシは「大丈夫です！」とはっきりと声にした。

恐怖とか、それどころではなかった。

触られた瞬間、陰茎がすこし固くなった。

下腹に、切なさが走った。

そちらに戸惑うほうが忙しくて、恐怖なんか頭からすっぽ抜けていた。

「洗うぞ」

ナツカゲは逐一声をかけてくれるのに、アオシは、タオルに顔を伏せたまま頷くしかできない。

節くれた太い指が、アオシの記憶よりももっと繊細に、優しく、アオシに触れてくる。髪の一筋一筋を、額の生え際を、耳と顎《あご》の付け根を、耳の裏を、うなじの生え際を、ゆっくりと、静かに、指の腹で撫でていく。

「ひ、ゃ……っ」

首筋に垂れる泡を指の背で掬われて、変な声が出た。

「すまん」

「くすぐったかっただけです」

「続けて大丈夫か？」

「はい……」

どうしよう、もっと勃《た》った。

股間《こかん》が落ち着かない。静まってほしいのに、じわじわと固くなっていく。

内腿《うちもも》をすり合わせ、触りたくなる衝動を誤魔化《ごまか》す。

「アオシ、濯《すす》ぐぞ。……濯ぐ時くらいは仰向けになれるか？」

「なれないです……」

いま仰向けになんかになったら、絶対に気づかれる。

「じゃあ、ほら、いい子でそのままじっとしとけよ」

「……っ」

アオシは両手でタオルを握りしめて、頷く。

「流すぞ」

「はい……」

消えてしまいたいほど、恥ずかしい。

なんで俺はずっと勃起《ぼっき》してんだ……。

「……ナツカゲさん……ナツカゲさんの服、濡れてますよね……」

「洗濯すればいいだけだ」

シャワー片手に、爪を丸めたナツカゲの手が泡を落としていく。

ナツカゲが低く笑って、心配するなと優しくアオシの頭を撫でる。

気が紛れるかと思って頑張って世間話を振ってみたのに、予想外に腰に響く低い笑い声を耳の後ろから聞かされて、結局、下腹が重たくなって失敗に終わる。

「……っ、ぅ」

笑い声と、頭を撫でられただけで、じわ……と、陰茎から先走りが漏れる。

どうしよう、ナツカゲさんの使うバスタブに先走り漏らした。

頭に触られてるだけなのに、気持ちいい。

この感覚、覚えてる。

六年前と一緒だ。

でも、六年前は薬のせいだからそうなっただけで、いまは、なにも投薬されていない。

なのに、六年前と同じになる。

首筋に触れるナツカゲの手の体温や、洗い流される泡の滑り流れる感触、泡風呂に隠れているのをいいことに勃起する陰茎、どうかナツカゲさんにバレませんように……と祈る気持ち、いろんなことで頭がいっぱいになって、ナツカゲに触れられていることの恐怖なんてもうすっかり頭からきれいさっぱり抜け落ちていた。

それよりも、腰が重くて、下腹が痛くて、むずむずと落ち着かなかった。

「くすぐったいか？　もう終わるから辛抱しとけ」

「……ふぁ、っ、ぃ……」

甘ったるい声が出た。

ちゃんとした返事をしたつもりだったのに、喉《のど》の奥から出たのは、うわずった、喘《あえ》ぐみたいな声だった。

「……アオシ？」

「なっん……でもない……、っん、でもなぃ、から……」

「なんでもないから？」

「あたま、さわったら……だめ、……です……」

「触らんと洗えんのだが……自分で洗うか？」

ナツカゲが動くのと同時に、アオシは、ナツカゲから股間を隠すように背を丸めた。

その時、ナツツカゲが手に持っていたシャワーが、アオシの耳にかかった。

「……っひ、ぅわ！」

「アオシ！」

バスタブのなかで、アオシが盛大に滑る。

獣人サイズのバスタブは、アオシの体格にしてみれば底が深くて、頭までぜんぶ沈んでしまう。

「っふ、は……っ、……っは」

ナツカゲに助けられて、アオシは咄嗟にナツカゲの胸の飾り毛にしがみついた。

「大丈夫か？　泡、飲んでないか？」

「ん……、だいじょ、っぷ、です」

ナツカゲの両腕が背中に回って、優しく撫でてくれる。

耳元で「ヨキのほうがまだおとなしく風呂に入るぞ」と、いじわるっぽく囁《ささや》かれる。

「……っ、みみ……っ」

耳元で、そんなふうに低い声で喋《しゃべ》ったら、頭のてっぺんまで痺れたようになるから、耳元で喋ったらだめです。

アオシはそう言いたかったが、ナツカゲには違うように伝わったようだ。

「耳に水が入ったか？」

アオシの体を抱いて、膝に乗せる。

ナツカゲも、この時はアオシをバスタブから掬い上げるのに気を取られて、頭以外の場所に触れていることを失念していた。

六年前に触れてから、今日まで一度も触れてこなかったアオシの体に触れていることを思い出すよりも先に、ほかのことに目と意識を奪われていた。

アオシの股間の一物がゆるく勃起していて、アオシのその太腿《ふともも》には精液が残っていた。

「溜《た》まってたか？」

「……っ！」

ナツカゲに指摘されて、アオシは自分の股間に触れた。

「……す、みません っ……すみませ……っ、これは……っ」

自分で自分の股間に触れて、勃起を隠そうとして、そこがもう射精したあとだと気づいた。

自分でも、どのタイミングで射精したのか分からない。

シャワーが耳にかかった瞬間か、耳元で心配そうに囁かれた瞬間か、ナツカゲに助けられた時に手が肋骨《ろっこつ》のあたりに触れてぞわっとした瞬間か……。

おそらくは、どのタイミングであったとしても、すべて、気持ち良かった。

気持ちいいのは、だめだ。

また、六年前のようになる。

せっかく、六年かけてナツカゲとここまで信頼関係を築けて、普通の仕事仲間になれたのだ。快楽や欲望に負けて、肉欲に溺《おぼ》れて、この関係を壊したくない。

「もう、大丈夫です。すみません……ほんと、すみません、バスタブ汚して……すみません。目が見えるようになったらちゃんと洗うんで……それまでこのままにしといてください。ナツカゲさんは客間のバスルーム使って……ナツカゲさん？　聞いてます？」

「聞いてる。風呂掃除はしなくていい。出すもん出したことも気にするな。それより、まだ泡が残ってるから流すぞ。顔はこっちだ」

アオシの後ろ頭を抱き、水や泡が顔に流れぬよう自分の胸元に優しく押し当てる。

「……ひ、わぁああ……」

情けない声を出しながら、全身を洗い流された。

なにに対して悲鳴を上げたのかは分からない。情緒がおかしかった。

でも、こわいのとはちがう。

だって、アオシの両手はナツカゲを拒む動作をしなかったから。

それどころか、目元に優しく触れる胸の毛が、湿り気を帯びてしっとりしているのにふかふかで、それが毛皮ゆえのものではなく、ナツカゲの胸筋の弾力だと知って、その心地良さを堪能《たんのう》するほうが忙しかった。

最後に、ナツカゲの手で顔もきれいに洗われて、すっきりさっぱり全身をお湯で流されて、濡れた体をあっという間にバスタオルで包んで拭かれて、髪も乾かされて、ヨキが眠るベッドまで荷物のように運ばれて、ヨキの隣に寝かされた。

「おやすみ」

「…………？　おやすみ、なさい……？」

風呂上がりのほかほかの額に口吻《こうふん》の先を押し当てられて、寝かしつけられた。

達成感に満足していたナツカゲも、すべてやり終えてから、アオシの許可なしにあちこち触れたことに気づいて、「すまん……本当に、無意識で、ぜんぶやってしまった……」と詫《わ》びてきた。

アオシは、すぐ隣のヨキの寝息を聴きながら、ナツカゲの匂いのするベッドにもぐりこんでいて、その時にはもう眠気がきていて、それはそれは申し訳なさそうに謝るナツカゲの頭を無意識に撫でて、寝落ちした。

＊

寝起きのぼさぼさの髪のまま、アオシはナツカゲの部屋にいた。

ベッドの仔虎《ことら》は、ちぃちゃく丸まってよく眠っている。

アオシは二時間くらいで仮眠から起きたから、ヨキはまだ眠っていて当然だ。

「アオシ、具合はどうだ。もうちょっと寝てろ。起きてるなら、この部屋にいろよ。部屋は暗くしてある。なにか飲むか？　……ほら、肩が落ちてる、シャツ、もうすこし小さめを探してくるか？」

「ナツカゲさん」

「なんだ？」

「そんないっぱい構わなくていいです」

「……そうか」

「そうです」

あからさまにしょぼんとした気配のあるナツカゲに、アオシは、しっかりと「自分でできます」と伝えて、肩から落ちたTシャツを引き上げる。

Tシャツはナツカゲのものを借りていた。

下も借りているが、ナツカゲのスウェットや寝間着のズボンは大きすぎて、紐《ひも》で縛ってもずり落ちるから、ずり落ちるたびに引き上げるのは諦《あきら》めた。

いまは、ベッドルームの隣の部屋、つまりはナツカゲが日常を過ごす部屋でじっとしている。

「……ナツカゲさん、俺、自分の部屋に戻ります」

「ここにいろ」

言いながら、ナツカゲは、アオシの周りにクッションを敷き詰めていく。

こうしておけば、アオシが慣れない部屋で動いたり姿勢を変えても、どこかに体をぶつけたりしないし、転んだりしても怪我をしない。

「髪に寝ぐせついてんな。櫛《くし》を持ってくる。足もと、冷えてないか？」

そう言ったかと思うと、洗面所から櫛を持ってきて、アオシの足にはブランケットをかけてくれる。

ぱたぱた、ふわふわ。ナツカゲの尻尾がご機嫌に振れているのが、音で分かる。

「髪を梳《す》くくらい自分でできますから」

「鏡も見えんのにか？　……俺が触るのがだめなら……」

「だめとかじゃなくて……」

「髪だけだ」

「……ナツカゲさん……っ」

「どうした？」

「俺、部屋、戻ります……」

「どうして？」

「どうしても、です。……この部屋でじっとしてる理由が、ないですから……」

「お前の部屋でじっとしてるほうが落ち着くか？」

「…………どっちもそんなに変わんないんですけど……このままだと、ナツカゲさん、トイレまで一緒についてきそうだし……」

「もちろん。ついていってやるし、連れていってやる」

「そこまで介護したらだめです」

「だめではないだろ」

「……だめです。とにかく、俺は、這《は》ってでも……自分で、トイレに行きます……ナツカゲさん、その調子だとトイレの中まで付き添ってきそうだし……」

「俺がトイレの中までついていきそうだから自分の部屋に帰りたいのか？」

「……っていうわけでもないんですけど……」

こんなにも距離が近くなったのはあの日以来で、距離感が分からない。

それどころか、こんなに長く会話をしたのも初めてかもしれない。

こうして、ナツカゲの生活領域に入ったのも初めてだ。

ここは、どこもかしこもナツカゲの匂いがして、そわそわして落ち着かない。平静を装うにしても、ナツカゲがあれこれと世話を焼いてきて、まるでヨキにするみたいに甘やかしてきて、アオシは己の胸の苦しさを自覚すればするほど狼狽《うろた》えてしまう。

自分でも、どうしたいのか分からない。

部屋に戻りたいと思うのに、部屋に戻りたい理由がないのだ。

ただ、この部屋でナツカゲと一緒にいると、息が止まって死んでしまいそうなのだ。

その息苦しさの正体から逃げるように、アオシは尻這《しりば》いして、座っていた場所をじりじりと移動する。

「……？」

なにかが背中に当たった。

大きな背凭《せもた》れ付きの、ふかふかの椅子。そんな感触だった。

ごすごす。後ろ頭をぶつけてみると、程好く弾んだ。

「ナツカゲさん、この枕《まくら》いいですね、俺も欲しい。どこで買ったんですか？　……そもそも枕なのかクッションなのか座椅子なのかよく分かんないんですけど、あったかいし、でっかいし、背凭れにして本読んだり、このふかふかのところ抱き枕にしたら寝心地すっごい良さそう……俺、これくらいのが好きです」

「そりゃどうも、いまお褒めに与《あずか》ったのは俺の背中だ」

「…………背中」

「そう、背中」

「…………これ、ナツカゲさん？」

背中合わせで、もう一度、頭突きする。

「そう、俺だ」

「なんでそんな傍にいるんですか」

「すまん。ここにどうしても動かせない家具があるから、お前が転んだ時に危ないと思って……」

「それで、そこに座ってたんですか」

「そうだ」

「…………どうしよう」

「退《ど》くか？」

「動いたらだめです。そのままで、じっとしててください」

どうしよう、あぁ、どうしよう。

仕事という共通の目的意識を介して、六年かけて、やっと、相棒みたいな、友達みたいな、親友みたいな、家族みたいな、そんな関係になれた。

信頼関係がすこしずつ構築されていった。

この六年の間に、ナツカゲがどういう人物か充分に理解できたし、とても誠実な人だということも知っている。頼りにしているし、甘やかされている自覚もあるし、一緒に暮らしていてどれだけ自分が大切にされているか分かっている。

お互いに家族を捨てた身だ。

お互いしか頼る人がいない。

お互いだけが支えだ。

病気をした時も、怪我をした時も、嬉しいことがあった時も、悲しいことがあった時も、まず、このことを話そう、相談しようと思う時に、思い浮かぶのはお互いの顔だ。

実際に話や相談をするかどうかは別として、最後に助け合えるのは、お互いなのだ。

でも、六年前の記憶は決して消えない。

アオシは仕事以外でのナツカゲとの接触を避けてきた。そうすればナツカゲと普通に話すことができたから、そうした。それしかこの関係を続ける方法がないと思っていた。ナツカゲもアオシの心情に寄り添ってくれて、アオシの望むがままにしてくれた。

でも……。

「ナツカゲさん」

「どうした？」

「……手、貸してください」

「…………」

「手、どこですか？」

指先で、クッションの海を探る。

「いや、でも、お前……」

「いいから、早く」

「分かった。……右手に触るぞ」

ナツカゲの爪先が、アオシの右手に触れる。

瞬間、びりりと電気のようなものが走って、アオシが息を呑む。それがナツカゲにも伝わったのか「やめるか？」と問われるが、アオシは首を横にして、ナツカゲの指の一本を強く握った。

ひとつ息を吐いて、ナツカゲの手の甲に右の掌を重ねて、もっとしっかり握った。

ナツカゲの手は大きくて、骨が太くて、背中と同じ体温があって、毛皮の感触がアオシの掌に心地良い安堵《あんど》を与える。

アオシは、自分の手でナツカゲの手をすこし浮かせて、ナツカゲの親指と人差し指の間に右手の指を三本差し込んで握手するように握り、小指は、ナツカゲの中指と薬指の間で絡めて、手を繋《つな》ぐ。ナツカゲの手は大きいから、こうやってしか手を繋げない。

そうして、ナツカゲの手を感じた。

手を繋いだまま骨の形を指の腹で象《かたど》り、毛並みを逆立てるように撫で、ナツカゲの掌の感触を親指で確かめ、あとは二人の体温が同じになるまでずっと手を繋いでいた。

手を繋いでいるだけで、心地良かった。

嬉しくて、嬉しくて、しあわせで、たまらなかった。

「……っ」

胸がぎゅうと締めつけられて、息ができなくなった。

切なさが、耳や首筋、喉のあたりで詰まって、じわじわと溢れたその感情が涙になって両目を滲《にじ》ませた。座っているのに腰や膝から力が抜けて、ずるずるとナツカゲの背中を滑るように姿勢が崩れた。

「おい、アオシ……大丈夫か」

ナツカゲが手を放して、アオシの肩を抱きとめる。

手が離れたことが悲しい。

でも、いまは肩を抱かれていて、そこから熱が伝わってくる。

それがまた嬉しい。

ナツカゲが触れてくれている。

その事実が、アオシを喜ばせた。

「アオシ、目が痛むのか？」

「……？」

涙を指の背で拭われて、アオシは自分が泣いていることに気づいた。

あぁ、俺は泣くほどこの人のことが好きなのだと、気づいた。

手を繋いだだけで幸せになって、骨抜きにされるほど好きなのだと、気づいた。

＊

好きだと自覚すると、ぜんぶ説明がつく。

過去が原因でナツカゲに怯えているから、ナツカゲを前にすると感情が溢れてしまって、言葉も行動もままならなくて、ふとしたことで涙が滲んで、触れられるとドキドキしてしまうのではなく、恋をしているから。

ナツカゲを好きだから、ドキドキしていたのだ。

それならば、自分のすべての行動に納得がいく。

ナツカゲが好きだ。

……けど、そんなのいまさら気づいたって苦しいだけだ。

ナツカゲがアオシを特別扱いしてくれるのはアオシへの罪悪感や負い目によるものだ。

この関係は、微妙な均衡のうえに成り立っている。

アオシとナツカゲを繋ぐ糸は、とても細く、脆《もろ》いのだ。

たとえば、もし、ここで、双方の実家が二人の仲を引き裂くような行動をとったなら、あっという間にこの関係は崩れるだろう。

二人とも実家とは絶縁しているけれど、向こうはそれを認めていない。

二人が出奔しても見逃されているのは、二人を強引に引き離して子供ができないよりは、円満に暮らしているアオシがナツカゲを懐柔して、いずれは人工子宮を使ってでも子供を作らせたほうが両家にとって得策だと考えているからだ。

そもそも、六年間ずっとこの生活を見過ごされてきたのではない。アオシがナツカゲとともに実家を出奔して二年くらいは見つからなかったが、三年目に入ったあたりで見つかって、そこから先は見過ごされている状況だった。

二人の間に肉体関係がないことまでは知られていない。

ナツカゲも、両方の実家が、アオシとナツカゲの動向を逐次把握していることを知っていて、鬱陶《うっとう》しいと思っている。

そして、いま、両方の実家は、そろそろ二人を引き離して、アオシとナツカゲに別々の相手をあてがおうと考えている。

いつでも二人は引き裂かれる運命にある。

ちょっとしたことでこの均衡が崩れる。

アオシはそれを恐れている。

この関係を壊したくない。

この生活を手放したくない。

ナツカゲの傍にいたい。

だって、ここが一番居心地がいいのだ。

でも、もう一度、肉体関係なんて結べないし、そもそも、恋人にもなれない。

つがいとして立候補するだけの勇気もない。

いまさら、ナツカゲに頭を下げて抱いてくれと頼むこともできない。

抱いてもらっている自分も想像できない。

それ以前に、ナツカゲには、アオシをつがいとして受け入れるつもりがないかもしれない。六年前だって、薬のせいでそうなっただけで、ナツカゲ本人も拒否していた。

そもそも、アオシはナツカゲの恋愛対象にすらならないかもしれない。

それすら、この六年間、確認してこなかった。

この六年間、恋も、愛も、ナツカゲとしてきていない。

いま、現在進行形でアオシが一方的に想っている。

それを自覚しただけだ。

ナツカゲの優しさにつけ入って、自分にとって居心地のいい現状に甘んじていただけ。

でも、この状況を変える方法が分からない。

変えたいのかすらも分からない。

なのに……。

「ナ、ツカゲさん……」

「なんだ？」

「見えてないですけど、たぶん、すごい……距離が近い……」

ほっぺたに鬣《たてがみ》のふわふわが触れている。

ダイニングで食事の世話をされているだけなのに、距離感がおかしかった。

仮眠から起きて、みんなで軽食を摂《と》っている時だ。

目が使えずともアオシが自分で食べられることはナツカゲも知っているはずなのに、なぜか、とても世話を焼かれていた。

ナツカゲがホットケーキを切り分けて、フォークに差して、渡してくれる。アオシはそれを口元へ運ぶだけでいいのだが、目が見えなくても分かるほど、ナツカゲの視線がうるさかった。

すごく距離が近い。テーブルに手を伸ばしてスプーンを探すと、スプーンより先にナツカゲの腕の毛並みに触れるくらい、距離が近い。

顔を持ち上げてきょろりとすると、ナツカゲの胸の毛に顔が埋もれるし、膝にはナツカゲの脚が触れそうで触れない。

まっすぐ座るアオシに対して、ナツカゲは斜めに座って、開いた足の間にアオシを閉じ込めるようにしているらしく、どこかしらにナツカゲの体温がある。

アオシから手を繋いでからというもの、ナツカゲは、アオシには触れないようにしつつも、距離感だけは確実に詰めてきているのが分かった。

「ご馳走《ちそう》さまです」

「もういいのか？」

「……もう充分です。ヨキ、尻尾貸して」

「ヨキまだおやつ食べてる」

ナツカゲの懐で、ヨキがホットケーキを頬張る。

ナツカゲの膝に乗せてもらって、機嫌よく尻尾をぱたぱたさせていた。

「じゃあ、そこでナツカゲさんと仲良くしてて」

「どこへ行く。俺が連れていくぞ」

「大丈夫です。リビングに行くだけです」

「危ない」

「危なくないです」

席を立ち、ナツカゲの申し出を強めに断る。

それでもまだナツカゲが引き下がらず、なにか言いそうになったので、その言葉を聞くより前に、「そこまでナツカゲさんに世話してもらう関係じゃありません」と言ってしまった。

言い方がきつかったのは、瞬時に自分でも理解した。

でも、そうしないと、ナツカゲはもっと距離を縮めてくる。

六年分の空白を埋めるように、アオシの心に無遠慮に触れてくる。

こっちはナツカゲを好きだと自覚したばかりなのだ。

狼獣人特有の縄張り意識や仲間意識、距離の近さで接触されては、心臓が持たない。

ナツカゲのことが好きだと悟られたくない。それに気を取られるあまり、子供じみた態度でつっけんどんにしてしまう。

こんなにも優しくしてくれる人の親切を無下にして……。

「ナツカゲ、あれなぁに？」

ヨキは、ナツカゲにホットミルクを飲ませてもらいながらリビングを見やる。

リビングの隅の壁に向かって、アオシが三角座りしていた。

「あれは、落ち込んでるアオシだ」

「おちこんでるの……」

ヨキは、アオシの背中をじっと見つめている。

ヨキの家には、落ち込むと壁に向かって三角座りする人がいないから物珍しいのだ。

「あいつが落ち込んでる時にやるんだよ。……ったくしょうがねぇな。ヨキ、手伝ってくれ」

ヨキを膝から下ろして、ナツカゲはリビングへ向かう。

「ナツカゲ、どうするの？」

「引っこ抜くんだ。大きなカブの本、寝る前に読んだだろ？」

「ひっこぬく！」

ヨキがアオシの背中にぎゅっとしがみついて、ナツカゲはヨキごとアオシの脇《わき》の下に手を入れ、でも、アオシ自身にはあまり触れないようにアオシの服を摑んで、壁際の隅から引っ張り出す。

「………」

アオシは、あっという間に引っこ抜かれて、落ち込むのは強制的に終了させられた。

「アオシ、おちこんでるの？」

胡坐《あぐら》をかいたアオシの太腿に、ヨキがぽんと飛び乗る。

ナツカゲは、アオシとヨキの周りにクッションを敷き詰めてから、食器を片づける為にダイニングへ戻った。

ナツカゲの足音が遠ざかって、アオシがあからさまに肩から力を抜くと、ヨキに、「けんかしたの？」と問われた。

「ケンカしてない」

「パパとおとうさんがケンカすると、おとうさんがパパにぷいってするよ」

「俺、ナツカゲさんにぷいってしてた？」

「うん」

「……ナツカゲさん、悲しい顔してた？」

「してた。アオシ、ナツカゲのことすきすきなのに、なんでぷいってするの？」

「……すきすき」

「うん、すきすきだいすきあいしてる。パパがおとうさんにちゅーってするの。アオシも、ナツカゲすきすきすき？」

「うん……」

「ヨキもね〜、ナツカゲのふわふわしっぽだいすき。アオシはどこが好き？」

「俺のこと一番に考えてくれるとこ」

即答できるくらい、ナツカゲのことが好きだった。

ナツカゲのそういうところに甘えさせてもらえるのが、アオシのしあわせだった。

誰《だれ》かの一番にしてもらえたのは初めてだった。

ナツカゲに、ナツカゲ本人よりも優先してもらえて、初めて、他人から大切にされることの喜びを教えてもらった。

それは、六年前のあの日に、初めて教えてもらった。

ナツカゲは、ナツカゲ自身が自分の親兄弟に一服盛られたことを怒るより、薬がアオシの体へ及ぼす影響、アオシの心身への負担、アオシの同意なしにナツカゲとの交配を強要したことを怒ってくれた。こんなことは子供にすることではないと憤ってくれた。

実家を出たあとも、アオシの心身を心配して病院へ連れていってくれたし、万が一の際には責任をとると言ってくれたし、誠実に対応してくれた。

今日まで、アオシの部屋の扉の鍵《かぎ》だって壊さずにいてくれた。

一度も、アオシの信頼を裏切らなかった。

それほどに、アオシを尊重して、大事にしてくれた。

一緒に暮らし始めてから、アオシが煙草《たばこ》が苦手だと知ったらいつの間にか禁煙してくれていた。

アオシが料理下手で、家で食事を摂ることに苦手意識を抱いて外食ばかりして、痩《や》せて、体調を崩したり、風邪《かぜ》をひきやすくなってきたら、料理を作ってくれるようになった。

でも、アオシは、目の前にナツカゲがいると緊張して食べられない。すぐさまそれを察して、作り置きだけしてくれた。

アオシは自分のことなのに疎くて、そういう些細《ささい》な自分の感情や体調に鈍感で、いつもナツカゲが先に気づいてくれた。

アオシはそんなナツカゲが大好きだ。

できることなら、いつまでもずっとナツカゲの一番でいたい。

ナツカゲが誰よりも一番に思いやって、大事にして、大切に扱うのは、自分でなくてはいやだ。

ハグもしたことのない一方的な片思いだけど、それを望むことを許されたい。

でも、この恋慕をナツカゲに伝え、恋を叶《かな》えてもらうつもりはない。

心で望むことだけ許してほしい。

そもそも、好きなのだと自覚したのすら、つい半日ほど前。

この感情がいつから片思いだったのかは分からない。

好きだと自覚した今となっては、随分と長い恋煩いをしているようにも思う。

「………このままで充分なんだけどなぁ」

ヨキの耳と耳の間を撫でて毛並みを整えながら、ぼやく。

つがいになりたいだなんて思わない。

肉体関係があった事実は事故でしかない。そもそもあれは愛を確かめる行為ではなく、交配だ。子孫を残す為の交尾だ。愛のある行為じゃなかった。

なのに、その責任を負って、ナツカゲはアオシに親切にしてくれる。

ナツカゲにしてみれば、もしかしたらアオシに片思いされていることすら迷惑かもしれない。

好きでもないのにつがえと命じられて、十七の可愛げのないガキを背負《しょ》いこまされて、手のかかるガキに根気強く接してくれて、いまも見放さないでいてくれる。

しかも、仕事上の大切な相棒として認めてくれている。

これ以上なにかを望むのは罰当たりだ。

いまのままでいい。

このままなら、ずっと傍にいられる。

これ以上、なにも変化したくない。

変えたくない。

この、落ち着いた凪《なぎ》のような状態を壊したくない。

もし、いまが壊れてしまったら……。

アオシは、この家を出て、一人で仕事をして、一人で生活することになる。

考えただけで、背筋が凍る。

この恐ろしさは、それこそナツカゲに相談できない。

それこそ、この均衡を崩してしまう原因になってしまう。

アオシは、自分勝手だ。

自分が幸せでありたいが為に、この生活を失いたくないと思っている。

自分の幸せを守ることばっかり考えている。

ナツカゲの幸せをちっとも考えていない。

ナツカゲの幸せを考えるなら、一度、アオシとナツカゲは距離を置くべきなのだ。

この関係を清算すべきなのだ。

「アオシ、ナツカゲにごめんなさいする？　ヨキのおとうさん、パパのほっぺにちゅってして、ごめんねってするよ」

「アオシはしない」

「なんで？　どうして？　すきすきなのに？」

「夫婦じゃないし、すきすき同士じゃないから、しないんだよ」

「かわいそう……かわりにしてあげる」

ちゅ。可哀想《かわいそう》なアオシのほっぺに、ヨキが、ちゅっとしてくれた。

＊

ヨキと暮らしてまだ十日。

両目の使用を禁止されたのが今日の午前中。

なのに、なんだかもう一ヵ月も二ヵ月も経ったような心地だった。六年間変わらなかったことが、この十日余りで大きく変貌《へんぼう》を遂げて、心的徒労が果てしなかった。

一方的とはいえ、恋というのはこんなにも疲れるのだと知った。

すぐ傍に恋する人がいて、同じ屋根の下で暮らしていると認識しただけで、心が落ち着かなかった。

心が弾むのではなく、毎日ずっと好きな人が傍にいて、生きた心地がしなかった。

片恋でこんな思いをするなら、世の中の恋人同士は毎日失神するくらいドキドキしてるんじゃないかと心配になった。

「俺、ちょっとナツカゲさんと話してくる。ヨキはどうする？　一緒にくるか？」

「ヨキ、てれび見たい」

「ん、分かった」

ヨキが尻尾を貸してくれるから、アオシはヨキと一緒にまずソファへ向かう。

ヨキは自分の尻尾と両手を使ってソファによじ登ると、自分でテレビのリモコンを握って、テレビをつけた。小さな手でリモコンを操作し、番組を切り替え、歌番組に決めると、一緒に歌い始める。

元気な声だ。

「ご飯食べるとこにいるからな」

手探りでヨキの頭を撫でて、ソファ伝いにリビングを移動し、ダイニングにいるはずのナツカゲのもとへ向かう。

ナツカゲはダイニングではなくキッチンで食器を洗っているようで、アオシはそこまで歩を進めた。キッチンへ入ると、すぐにナツカゲが気づいて、「ここまで一人できたのか？」と水道を止めた。

「自分の家ですから、なんとなく移動できますよ」

「……そうか、それもそうだな。ここはお前の家でもあるんだからな」

「ヨキはいまテレビ見てます」

「あぁ、ここからでも確認できる」

ナツカゲの位置からなら、ヨキの姿が見えた。

「あの、ナツカゲさん……」

「すまんな、世話を焼きすぎた」

先にナツカゲから謝ってきた。

「……ナツカゲさんは、謝らなくていいんです」

アオシから謝るべきなのに、ナツカゲはいつも先手を打つ。

こういう時に、ナツカゲは大人だ。

それも、アオシを甘やかしてダメにするタイプの大人だ。

「俺のほうに問題があるんです」

「……目のことか？　不便があるなら……」

「助けはもう充分です。それに、何日かすれば目も使えるようになるから問題じゃないです。……ただ、俺が、……ナツカゲさんに触ったのが……」

「触ったのが？」

「こわくなかったんです」

「そりゃ、……よかった」

「じゃあ、俺があんなにドキドキしてたのはなんなんだろう……って考えたら……」

「考えたら、なにか問題が発生したのか？」

「…………」

俯いてしまう。

こうして話すだけでも、胸が高鳴るのと心臓が締めつけられるのが同時に押し寄せてきて、「好きなんですけどどうしたらいいですか!?」と叫んでしまいそうになる。

衝動が、抑えられない。

衝動を抑えようとすると、挙動不審になる。

そわそわして、言葉を探して、心が落ち着かなくて、結局、なんの言葉も出てこない。

「……アオシ」

「ヨキの歌う声がしない」

ナツカゲがなにか言いかけたところで、アオシが耳を欹《そばだ》てた。

「……見てくる」

ナツカゲがその場を離れる。

すぐに戻ってきて「寝てた」と教えてくれる。

ホットケーキを食べておなかいっぱいになったから眠ったのだろう。

「一時間くらいで起こす。夜に眠れなくなるからな」

「……はい。あの、ナツカゲさん……」

「アオシ、あのな……」

二人同時に話を切り出そうとして、そこでまた会話が途切れる。

お互いに、ヨキの眠るこの一時間の間になにか話すべきだと思っているのだが、アオシもナツカゲもキッチンのアイランドテーブルの傍で突っ立ったままだ。

「なんか、食うか？」

がしがしと後ろ頭を搔くような動作音が聞こえて、ナツカゲから口火を切った。

アオシが「いま食べ物の話？」と思っていると、「お前、さっきヨキにホットケーキ分けてやって、ほとんど食ってなかっただろ」と付け加えた。

前回作った残りの、少ないホットケーキミックスで焼いたから、一人一枚あるかないかで、アオシもナツカゲもまずヨキに食べさせて、自分たちはあとでなにかほかのものを食べようと考えていた。

「小腹空いてないか？」

「空いてます。でも、作ってくれなくていいです」

「なんでだ」

ナツカゲが、すごく驚いた残念そうな声を出した。

「いや、だって……いま、ホットケーキ焼いたフライパンとか皿とか片づけたばっかりなのに、また洗い物出したら……」

「俺が片づけるし、食洗機もある」

「でも、ほら……ヨキの両親の行方とか調べてくれたし、仮眠も俺より短かったし、ちょっと休憩しましょうよ。ナツカゲさん、昨日からずっと働きすぎですって。……なんか食べるなら、こないだ買ったチョコの残り食べましょ。ほら、持ってきてください」

手を持ち上げて、大体このあたりだろうとアタリをつけてナツカゲの背中を押す。

あ、またナツカゲに触ってしまった。

見えない手を閉じて、開いて、いま、ほんの一瞬触れた背中の逞《たくま》しさを確かめて、反芻《はんすう》して、……あぁ、俺は本当にこの人がこわくないんだと改めて思い知る。

それどころか、触れた掌が嬉しい。

触れただけで嬉しいと思うほど俺はこの人が大好きなんだと、どこか腑《ふ》に落ちる。

「アオシ、口開けろ」

「はい」

反射で返事をして、顎先を持ち上げ、口を開く。

唇と歯先になにかが触れて、チョコの甘い匂いが鼻先をくすぐる。

アオシはそれを口中へ引き入れ、味わう。

ナツカゲの尻尾がご機嫌に左右に揺れている音がするから不思議に思っていると、「お前が俺の手から食べ物を食べた」と嬉しそうに言われた。

この人は、そんなことで喜んでくれるのかと、そう思った。

「もうひとつ食うか？」

「……ぁ」

小さく、唇を開く。

さっきよりも唇を開くのが狭かったせいか、ナツカゲの指先が唇に触れた。

それが指先だと分からなくて、「不思議な食感のチョコだなぁ……トッピングかなにかかな？」と思いながら、舌先で舐《な》めて、歯で齧《かじ》った。

「残念ながら、それはキルシュでもナッツでもなく、俺の指だ」

くれる。

手を差し出すと、ナツカゲがチョコの入ったケースをアオシの指先の位置に持ち上げて

「こっ……交代、します……っ、チョコ、どこですかっ」

「もっと欲しいか？」

「……ゆび」

アオシはそのひとつを手に取り、ナツカゲの口元あたりに押しつけた。

「こ……ここで、合ってますか……っ」

「もうすこし右だ」

「右、右ですね……っ、みぎ……」

すこし手を右にずらすと、チョコを経由して、ナツカゲの口元に指が触れた。

ナツカゲが、牙《きば》をあてないように、アオシの指ごと口の中へ招き入れる。

舌が触れたのか、口内の熱をそう感じただけなのか……、アオシの指先が温かさを感じた。

その熱に羞恥《しゅうち》を覚え、見えていないのに見ていられなくて、アオシは斜め下へ顔を俯ける。

耳も、目の奥も、首筋も、掌も、ぜんぶ、熱い。

頬が、一番熱い。

「……っ」

ナツカゲの舌が、指先の溶けたチョコを舐める。

そこに全神経が集中する。

ここに至ってようやく、「……俺、なんで、食べさせあいっこしちゃったんだろう……、ナツカゲさんは目が見えているし、自分一人で食べられるのに……」と、いまさらながら気づく。

「……ナツカゲさん……俺の指は、食べたら、……だめです」

「だめか？」

「……だめです……」

「こわいか？」

「こわくないです」

「俺も、お前を絶対に、二度と、こわがらせない」

「はい」

「だから、すこしでいい。俺から触れていいか？」

「いま？」

「いまも、これからも」

「……いいです、だいじょうぶ、です……」

「それはどちらだ？　触らなくていいです、か、触ってもいいです、か」

「……さわってもいい、です」

でも、触ってなにをするんだろう。

それを問うより先に、ナツカゲがチョコのケースをアイランドテーブルへ置き、アオシの指先に触れた。

アオシの指先にナツカゲの指が触れて、その太い指がアオシの中指を撫で上げ、肉厚の掌で手の甲を包み込み、手首をしっかりと摑まれる。

掌の大きさを、意識してしまう。成人男性のアオシの手首にナツカゲの指がぐるりと回って、狼の掌中にアオシの手が隠れてしまう。

「こわくないか？」

「こわくない、です。……もっといっぱいさわって、だいじょうぶです」

「左の背中に、触る」

「はい」

背中の真ん中よりすこし上に、ナツカゲの手が触れる。

撫でるでもなく、動かすわけでもなく、そのまま静かに、そっと抱き寄せられる。

アオシはそれに抗《あらが》うことなく、ナツカゲの掌の動きに従って、重力に身を任せるように己の体をナツカゲの懐に預ける。

頬に、胸の毛皮の感触がある。

まるで子犬がじゃれてくるように、匂いづけをするように、ナツカゲが首を曲げて、アオシの首筋にするりと頬を寄せてくる。

アオシがこわがっていないか、いやがっていないか、ひとつひとつ確かめるような仕草だ。アオシを決して傷つけず、こわがらせないと誓った言葉のとおり、優しく気遣うような抱擁をくれる。

「…………」

誰かに抱きしめてもらうのは、久しぶりだ。

護衛した子供やその親からお礼のハグをもらうことはあるけれど、自分と近しい人からのハグは初めてかもしれない。

これは、とても嬉しいし、幸せなものだ。

じっと抱きしめてもらっているだけで、きもちいい。

目に良くないから目を閉じなくては……と自分に言い聞かせて目を瞑るのではなく、自然と瞼《まぶた》が落ちるような心地良さがあって、呼吸が深くなって、いつの間にかナツカゲに全体重を預けて、上等の毛皮に埋もれてしまっている。

ナツカゲのにおいがする。

好きなにおいだ。

あぁそうか、俺はいま好きな人に抱きしめてもらってるんだ。

心地良さに微睡《まどろ》む。

ドキドキするよりももっと上の感覚に支配されて、とろりととろけて、甘ったるい幸せに陶酔してしまう。

雰囲気に呑まれて、酔ってしまう。

こんなこと、もう二度とないかもしれない。

アオシは、最初で最後かもしれない抱擁をめいっぱい堪能した。

それと同時に、すこし悲しくて、泣きそうになった。

ずっと、あんなにこわがってしまった。

こんなに優しい抱擁をくれる人を、傷つけてしまった。

申し訳なさすぎて、いまさら好きとは言えなかった。

好きになってしまったことさえ、申し訳なかった。

【5】

「おはよう」

「……おはようございます」

朝、洗面所へ向かう廊下ですれ違いざま、ナツカゲにハグされた。

朝の挨拶《あいさつ》のついでにする流れ作業のようなハグだ。あまりにも自然な動作でナツカゲがハグしてくるものだから、アオシも普通に受け入れてしまう。

「朝食できてるぞ」

「すぐ、行きます」

「ゆっくりでいい。寝癖を直してこい」

「……は、い」

寝癖のついた頭を撫でられて、額に口吻の先を押し当てられる。

包帯を外しているアオシは、ぽかんとしたままナツカゲの背中を見送った。

ヨキが二人の家で暮らし始めて十五日目、アオシの包帯が外れた。

昨日のうちに、「明日から包帯を外していい」と医者から許可が下りていて、今朝から包帯を外していた。

包帯が外れればナツカゲの態度や距離感も元通りになるだろう……。アオシはどこかで勝手にそう思っていたが、そうでもなかった。

一事が万事、ナツカゲはあの調子だった。

あの日から、ナツカゲの甘ったるさがずっと継続されていた。

まず、朝のハグだ。

初めてナツカゲに抱きしめられた日、ナツカゲは「これから毎日こうしていいか？」と問うてきた。断る理由もなくアオシが頷くと、それから毎日ハグされるようになった。

アオシは朝の挨拶程度だと思っていたが、ナツカゲはそういう意味で言ったのではないらしく、朝以外にも、事あるごとにハグしてきて、事なき時にもハグをしてきて、アオシは面食らった。

ナツカゲがあんなにたくさんハグしてくる人だとは知らなかった。普段からそういう挨拶をするタイプだとは思ってもみなかったし、どちらかというとナツカゲも愛情表現に乏しく、ベタベタするのが嫌いなのだと思っていた。

あんなふうに甘ったるさ全開の肉体言語でコミュニケーションされると、「こっちの気も知らないで……、俺はアンタのこと好きなんだぞ！」とナツカゲの胸倉を摑んで叫びたくなった。

しかもそのうえ、食事をする時も、リビングからキッチンまで歩くだけの時も、目を使ってはいけない時と同様にナツカゲが甘やかしてくるのだ。

それこそまるで恋人に接するような態度で、とにかく雰囲気も声も存在も、アオシに対するすべてが甘ったるいのだ。

オス臭さ全開でそんなものをアピールされても困る。

なにが目的でアピールしてきているのか分からないけど、ドキドキするから困る。

包帯を外すまでのたったの五日で、アオシは一生分のドキドキと幸せを知ってしまった。

でも、包帯が外れたから、これで自由に動けるし、助けてもらわなくてもぜんぶ自分でできるし、必要以上にドキドキしなくて済む。

そう思っていたのに……。

「ほら、紅茶。熱いから気をつけろ」

キラキラしている。

朝から、ナツカゲがキラキラしている。

五日ぶりに見たナツカゲはいつもどおりのナツカゲなのに、アオシには眩《まぶ》しい。

好きだと自覚してから、初めてナツカゲを見る。

やっぱり、ドキドキする。

いまなら、これが恋だと分かる。

だって、この人がアオシの為に紅茶を淹れてくれて、隣で美味しそうにコーヒーを飲んで、膝の上のヨキに「美味いか？」と優しく尋ねるだけで、アオシの目が、心が、幸せなのだ。

一日中ずっと、四六時中、永遠に見ていたい。そう思うくらい、目が勝手にナツカゲを追いかけて、ナツカゲを探して、ナツカゲを見つけて喜んでしまうのだ。

この六年、俺はこの人のなにを見てきたのだろう？

こんなに美味しそうにご飯を食べるこの人を、どうしていままで見ようとしなかったのだろう。

この食卓で見るナツカゲの表情だけでも、もう数え切れないくらいある。

ヨキが食べこぼして謝った時に、「なんてことない」と片頬を吊《つ》り上げて笑う表情。それを見ているアオシに振り向いて、「まだ寝惚《ねぼ》けてんのか？」と微笑《ほほえ》む口角。アオシが慌てて食べ始めて「美味いです」と言うと、嬉しそうに鼻の頭に皺《しわ》を寄せて笑う仕草。

ひとつひとつの表情を見ているだけで、涙がこみあげて、泣きそうになる。

わけもなく感動して、じわじわと目の奥が熱くなる。

自分はこんなに涙もろい生き物だったのかと驚く。

これまでずっと食卓には良い思い出がないからと、ナツカゲと一緒の席に着くことは避けていた。

そんな自分を馬鹿だと罵《のの》りたい。

そして、教えてやりたい。

好きな人がご飯を美味しそうに食べる姿を見るだけで、お前はこんなにも幸せになれるんだぞ、と。

「……アオシ、お前、大丈夫か？　本当は目が見えてないとかじゃないだろうな？」

あまりにもアオシの食事の手が止まるので、ナツカゲが心配そうに見やる。

アオシの頰に触れ、アオシの瞳の動きを探るように、ぐっと距離を詰めて、うるんだアオシの瞳を見つめて、「俺が見えてるか？」と問うてくる。

「見えてます」

「本当に？」

「ほんとに、です」

困る。こんな距離が近いのは困る。

アオシが狼狽えているのが分かったのか、ナツカゲは「距離が近すぎたな、すまん」と謝りながらも、「お前、今日は一段と可愛いな」と笑った。

「……ナツカゲさん、なんか、俺で遊んでます？」

「いいや、遊んでない」

「じゃあ、からかってます？」

「からかってない。ただ……」

「ただ、なんですか？」

「お前の瞳に俺が映るっていうのは幸せだと思った」

「なんですか、それ……」

「お前の目が無事で、いま、このテーブルで美味そうに俺の作ったメシを食って、ヨキのことも忘れずに見守って、俺を見て目をキラキラさせてんだ。俺の一生モノの相棒が無事で本当に良かったと思うのも当然だろ？」

「心配かけてすみません……」

「しかし、残念だな」

「なにがですか？」

「もうお前の頭を洗ってやることもないと思うと、残念だ」

「大人ですから……一人で洗えます」

目が見えない五日間、毎日、ナツカゲが頭を洗ってくれた。

体も洗ってくれようとしたが、それはアオシが断固拒否して、自力で洗った。

風呂場でナツカゲに見守られながらではあるが、極力、ナツカゲに裸を見られないようにした。

「ヨキ、こどもだけど、ひとりで頭あらえるよ、ね、ナツカゲ！」

「そうだな、ヨキは上手に一人で洗えてたな」

「うん！」

ほっぺたにヨーグルトをつけたヨキが、にこっと笑って頷いた。

この五日間、ヨキは、一度も泣かなかった。

両親と再会できたのも束《つか》の間、また離ればなれにされたというのに、健気《けなげ》に笑っている。

アオシとナツカゲが、「泣きたい時は泣いていい」と伝えたが、「よき、なきむしだから、泣いちゃうといっぱい泣いちゃうから、泣かないの。おとうさんとパパとおにいちゃんと会った時に、いっぱい泣くの。おむかえに来てくれるまで、泣かないの」と、強い眼差《まなざ》しで、でも、すこし瞳をうるませて、そう宣言した。

なんて強い子なんだろう。

早くこの子を家族のもとへ返してあげたい。

アオシとナツカゲは改めてそう思った。

それに、アオシの目が使えなかった間、なにも手段を講じなかったわけではない。

ヨキの両親と会った翌々日には、情報屋モリルと連絡がとれた。

現在、ヨキの両親はこの状況を解決すべく全力を尽くしているので、この問題が片づくまで、引き続きアオシとナツカゲにヨキを護衛してもらいたいと申し入れがあった。

これは、ヨキの両親からの依頼だ。

ヨキの両親から信頼してもらえたことは、アオシとナツカゲにとって救いだった。

あの高台の襲撃が、アオシとナツカゲが画策した罠だったのでは？　……とヨキの両親が考えたなら、アオシとナツカゲにヨキを任せる選択はしないはずだ。

では、なぜ、アオシとナツカゲを信じてくれたのか。

それも、簡単な話だ。

ヨキの父親の片方が、ナツカゲを知っていたからだ。

あの夜、月明かりに照らされたナツカゲを見て、アウィアリウスのナツカゲだと即座に気づいたらしい。

ヨキの父親は、ナツカゲがどういう出自で、どういう人物で、どういう人柄で、どういう男か、それを知っていたから信じた、ただそれだけだ。

ナツカゲには、ナツカゲの交友関係がある。アオシの知らない交友関係だが、ナツカゲは、特別な家の生まれということや面倒見の良い人柄もあって、昔からの知己や学友、商売相手など幅広い付き合いがあった。

ナツカゲとヨキの父親は、幼い頃に家同士の付き合いで知り合ったらしい。両者の間には普段から親密な交流はなく、ナツカゲは、ヨキの父親がどこで暮らしているのか、いつ所帯を持ったのか知らなかったそうだ。だが、ナツカゲと同じくヨキの父親もまた思うところあり、早くに彼の実家を出て、方々で活躍し、軍に入り、退役後は裏社会に入った……ということだけは風の噂《うわさ》で聞き及んでいた。

ヨキの父親はといえば、彼もまた昔馴染《むかしなじ》みであるナツカゲをまったく気にかけていなかったわけではない。彼は、ナツカゲとアオシの営む護衛会社の存在とその業績、評判を知っていたらしく、それもあってナツカゲを信頼したそうだ。

ヨキの両親との間に信頼関係を得られたことで、お互い知りうる情報を突き合わせ、なぜ、ヨキが誘拐され、その家族が襲撃されたか、それらの理由が明らかになった。

ヨキには、ルペルクス家の血が入っている。

ヨキの父親が、ルペルクスの直系だからだ。

ルペルクス家というのは、ナツカゲの実家と同じく、特権階級に位置する家柄だ。

ヨキは、ルペルクス家現当主の孫にあたる。

ヨキが生まれたことを知ったルペルクス家の当主が、このたび、ヨキにも財産を残すと宣言したことが事の発端らしい。

ヨキに渡されるのはほんのわずかばかりとはいえ、ルペルクス家の財産だ。土地や株の一部を譲るとなると、多少なりともヨキに権利が生じてしまう。その、多少の権利ですら、所有しているだけで人生を十回以上は豪遊して暮らせる。強欲なルペルクス一族の者は、それが許せなかった。

ヨキを殺そうと画策する派閥、その派閥に出し抜かれまいとヨキを誘拐した派閥。ヨキを自分の派閥に抱き込もうと考える者、ヨキを懐柔して資産の後見人になろうと考える者。様々な勢力に分かれて、お家騒動が勃発《ぼっぱつ》した。

お家騒動といっても、騒がしいものではない。そのような醜聞が厳格なルペルクス家当主の耳に入れば、それらの勢力すべてが罰されるのは明白だ。だからこそ、静かに、静かに、水面下で、それぞれが動いた。

そのなかで、ヨキの父親のつがい、という存在が浮き彫りになった。

あの夜、ヨキを迎えに走った足の悪い青年だ。

彼は人間ではなく、人間の見た目をした人外らしい。

アオシは気づかなかったし、ナツカゲも知らなかったそうだ。

ルペルクスのとある勢力は、あの青年が人にあらず、獣人の子を孕《はら》める体であることに目をつけた。

あの青年を、ルペルクス家と強固な繋がりのある名家に提供し、提供された家は繁殖用の人間をルペルクス家に提供する、という密約を結んだそうだ。強固な繋がりがある名家というのはナツカゲの実家アウィアリウス家で、繁殖用の人間というのはアオシだ。

ルペルクス家は、アウィアリウス家から提供されたアオシとヨキの父親を番《つが》わせて、新しい子供を産ませる。アウィアリウス家は、ルペルクス家から提供された人外の青年を使って新しい繁殖方法を研究する。

そういう密約だ。

アウィアリウス家もそれに乗り気らしい。

エイカがアオシに言っていたことは、おそらくことのことだろう。

この密約は、倫理的にも、人道的にも、アオシやあの青年の権利を侵害した行いだ。けれども、金と権力と伝統のある獣人の家系は、わりと平気でそういうことをして、自分たちの子孫を増やして、勢力を増そうとしている。

この世界では、まだ人間のほうが獣人よりも数が多いし、獣人を産める人間も少ない。人外はもっとも数が少ないが、人外の大半は性差に関係なく子供を孕める個体が多い。

ルペルクス家とアウィアリウス家は、ともに、一族内だけで繁殖を続けるにも限界があることを悟っている。だからこそ、彼らは、将来を見据えて、繁殖用の人間を常に探しているし、時には自宅の庭で囲っているし、繁殖の多様性を研究し、模索している。

あの人外の青年も、そのせいで目をつけられた。

ヨキをルペルクス家に誘拐して人質にとれば、ヨキの父親も必然的に従わざるを得ない状況になるし、そのつがいである人外の青年も生け捕りにできる。

ヨキにも、ヨキの両親にも、利用価値がある。殺さずに、捕獲する必要がある。ルペルクス家なら、警察や軍に手を回すことも容易《たやす》いし、情報統制すら可能だ。

ルペルクス家の指図だと悟らせない為に、護衛業に護衛させた運び屋を使い、自分たちの領域までヨキを運ばせることさえ可能だ。

もし、ルペルクス家にとって都合の悪い方向にこの件が露見したなら、あの夜の運び屋や護衛業のアオシたちにヨキ誘拐の罪をなすりつければいい。

ともかく、アオシとナツカゲは、ヨキ誘拐の一端を担わされていたのだ。

幸いにも、アウィアリウス家は、まだアオシとナツカゲがこの件に絡んでいると気づいていないはずだ。ほんの偶然が重なって、アオシとナツカゲに仕事が回ってきただけで、いまも、二人がヨキを保護しているとは知らないままだろう。

もし知っていたら、とっくの昔にこの家は襲撃されているはずだ。

アオシは、ヨキと自分の境遇を重ねた。

重ねるには年齢が離れすぎているけれど、アオシは、過去に実家にされたことで苦しめられてきたし、ヨキは、二つの家の身勝手な理由で翻弄《ほんろう》され、家族から引き離された。

あの時、アオシは十七歳だったけど、ヨキはまだ三つだ。

まだたった三つの子が、大人たちのクソみたいな行動のせいで、こんな境遇に立たされていいはずがない。

「子供は絶対的に大人に庇護《ひご》されるものだ」

アオシの信念は、あの日から変わらない。

「すべてお前の望むとおりに」

ナツカゲは、いつもアオシの信念を支えてくれる。

アオシとナツカゲは、ヨキの両親と協力してこの問題を片づける手筈《てはず》を整えた。

このまま逃げ隠れするだけでは、ヨキと家族は一生平和に暮らせない。

ヨキの両親とアオシとナツカゲ、それぞれが事態の打開に動き始めた矢先、モリルから急報が入った。

あの人外の青年が、ルペルクス家に攫《さら》われたというのだ。

折悪く、その時、アオシとナツカゲは別々の場所にいた。

ナツカゲはヨキと一緒に自宅にいて、今後の作戦を実行する為の下準備をしていた。二人が家で待機するのは、容姿の目立つ二人が昼間に外出して、ルペルクス家とアウィアリウス家の息がかかった警察や軍に見つかることを回避する為だ。

アオシは、ナツカゲに頼まれてメッセンジャーの真似事《まねごと》をしていた。

今日は、いつものようにラフな恰好《かっこう》でバイクに乗るのではなく、仕立ての良い三つ揃《ぞろ》えのスーツで身を飾り、髪をきれいに撫でつけ、運転手付きの高級車に乗り、イルミナシティの高級住宅地や特権階級の邸宅を訪問し、ナツカゲから託された手紙を配達して回っていた。

手紙の内容は、ルペルクス家とアウィアリウス家を破滅に追いやるような情報だ。

その情報を使うかどうかは配達先の判断に任せるが、使わずとも、その情報を所持しているだけで、政治的な取引に有効で、なにかと強みになる代物だった。

手紙という古典的な手法こそ使っているが、封筒には、挨拶の定型句と簡単な説明を書いた便箋《びんせん》一枚とＩＣチップが入っているだけで、重要な情報はすべてＩＣチップのほうに記録されていた。

電子メールを使わないのは、そのデータを有効活用してくれる人物に届く前に秘書が自己判断でメールを処理してしまう可能性があったからだ。

その点、手紙の手渡しなら、……それも、アウィアリウス家の美しい飼い猫が配達した手紙ともなると、それだけで、「内容を確認しておくか……」と思わずにはいられないような、そんな説得力がある。

できるだけ早く手紙を届けて、内容に目を通してもらう必要があったから、アオシは、配達先の使用人にナンパされようとも、邸宅の主人に手渡しする際に尻を撫でられようとも、一夜の限りの浮気を唆されようとも、真剣なお付き合いを望まれようとも、「箱庭の飼い猫ブランドすげーな……」と感心しながら大急ぎで街中を回った。

皮肉なことに、自分の実家を嫌うアオシではあるが、そんなアオシも着飾れば、アウィアリウス家の箱庭の、どの飼い猫にも勝るほど美しかった。

まぁ、美しいといっても、ぜんぶナツカゲがお膳立《ぜんだ》てしてくれたから美しくなれたようなものだ。髪のセットも、スーツや靴、腕時計の種類も、ネクタイの結び方も、頭のてっぺんから靴の爪先《つまさき》まで、ナツカゲの趣味で、ナツカゲが選んで、ナツカゲが決めて、ナツカゲの好みに仕立ててもらったからこそ、上品に仕上がったのだ。

アオシは飼い馴らされた猫のように楚々《そそ》として慎《つつ》ましやかな猫を演じつつ、すべての手紙を配達し終え、ホテルのデイユースを利用して着替えた。

スーツ一式や宝飾品は、ホテルから発送した。荷物はいくつかの架空住所を経由して、この件が片づく頃には、自宅へ転送される予定だ。

ナツカゲは「足がつかないように処分してこい」と言ったが、せっかくナツカゲが選んでくれものだから、アオシがごねて、こういう手段をとることになった。

そうして、アオシがいつもの服装で、「さぁ、家に帰ろう」とホテルの駐車場でバイクに跨《また》がったところで、モリルから急報の着信があった。

だが、折悪く、その時のアオシには、エイカが接触した後だった。

＊

「言ったはずだ。近いうちに迎えに行くと」

ホテルの駐車場で、エイカが待ち構えていた。

今回は一人ではなく、数名の部下を従えていた。もちろん、部下は部下でも屈強な部下だ。エイカは、アオシ一人では切り抜けられない頭数をそろえてきた。

ナツカゲの着信が鳴り続ける携帯電話を片手に、アオシはエイカに連行された。

強引に車に押し込められ、運ばれた先は、ルペルクス家が所有する郊外の古城だった。

アオシは武器や携帯電話などをすべて取り上げられてしまう。

「入ってろ」

エイカに背中を押されて、アオシは地下牢《ちかろう》の一室へ放り込まれた。

エイカは、この件のアウィアリウス家側の責任者のようで、忙《せわ》しなく一族の者に指示を出し、地下牢を出るまで一度もアオシのほうを振り返らなかった。

「君も捕まったのか？」

「……っ」

地下牢に静寂が訪れると、隣の牢屋から壁越しに声をかけられ、アオシは息を呑んだ。

いまのいままで気配など微塵《みじん》も感じられなかったからだ。

真っ暗闇の暗がりで、のそりと身じろぐ音がして、その声の持ち主がアオシの凭れかかっている壁際へ移動してくる。

「そうだ、捕まった」

アオシは短く答えた。

「ここ、寒いし腰痛くなるよな……ったく、勘弁してほしいわ、ほんと」

隣人は、笑う仕草が想像できるような、気安い喋り方をした。

口調や声色から、アオシとそう変わらない年頃だろう。

それに、どこかで耳にしたことのある声だった。

「あのさ、俺、君の声に聞き覚えがあるんだけど……」

するとと、向こうも同じことを思ったようで、「ちょっと、必ず守る、って言ってみてもらえる？」と頼んできた。

「必ず守る」

アオシは言われたとおりの言葉を口にした。

「君、もしかしてなんだけど、うちのヨキを守ってくれた子かな……？」

「……ヨキのお父さん？　パパじゃなくて、お父さんのほう……」

「そう、俺、ヨキのお父さんのほうです！」

「あー……よかった、無事だったんですね！　……足の怪我、大丈夫ですか？」

「足は大丈夫。ちょっと歩きにくいだけ。家を襲撃された時に怪我してさ。君は？　怪我してないか？　あの時、俺を庇《かば》ってくれただろ」

「俺は無傷です。……あの、ここにいるってことはあなたも捕まったってことですよね？

……っと、その前に、ヨキは無事です、怪我ひとつなく元気です。捕まってもいません。

俺の相棒のナツカゲって人と一緒にいるから安全です。それと、今朝は、ヨキの掌くらいのホットケーキ三枚とヨーグルトと苺《いちご》、鶏ささみのソテー三切れと両面焼きの目玉焼きひとつ、ホットココアを飲みました」

「……すみません、ありがとうございます。ご迷惑をおかけしています」

隣人は謝りつつも、ヨキの元気な様子を聞いてすこし声色が明るくなった。

「テレビ見ながら歌って踊ってる動画とか、一緒に川沿いを散歩した動画とかあるんで、この件が片づいたらデータ送りますね。勝手に撮ってすみません」

「いや、ヨキの健康状態とかの記録用だろ？　なにからなにまで……」

牢屋の向こうで、隣人が頭を下げるような動作をする。

「こちらこそ、あの夜、息子さんの引き渡しに失敗してすみません」

アオシも、隣へ向けて頭を下げた。

「あれは君たちが悪いんじゃない。状況が悪かった。俺たちのほうこそ、君たちを巻き込んで申し訳ないと思ってる。本当にごめん」

「謝らないでください。……そうだ、ヨキは、家族に会えるまで泣かないって決めて、毎日頑張ってます。風呂もいやがらないし、頭も一人で洗うし、トイレもちゃんと出てるし、ナツカゲさんの尻尾で三つ編み作ったり、ナツカゲさんと一緒に絵本を読んだり、室内用のブランコとか玩具《おもちゃ》で遊んだり、とにかく、頑張ってます。家に帰ったらたくさん褒めて、抱きしめてあげてください」

アオシがヨキの近況を伝えると、隣の牢屋から鼻を啜《すす》るような音が聞こえた。

ヨキの言うとおり、ヨキのお父さんは感動しやすい泣き虫らしい。

「あー……だめだ、ごめん、俺が泣いてもどうしようもないのにぐっときちゃった……。まずは、俺と君が早く家に帰る方法を考えよう」

「そうしましょう。……あの、確認なんですが、どこまで知ってますか？」

「大体のことは……。ここに捕まった時、マリューカって女とエイカって男が、俺をアウィアリウス家で引き取って、アウィアリウス家の飼い猫をルペルクス家に提供するって親切に教えてくれたよ」

「マリューカって女の人は俺も知らないです。でも、エイカは俺の兄貴です。それと、繁殖用の人間っていうのは、俺のことです」

「君とにいちゃん、血が繋がってないの？」

「繋がってます……」

「……ま、繋がってても、繋がってなくても、人それぞれか……」

「俺は兄貴にここまで連れてこられたんですけど、その……」

「俺？　俺はさ、隠れ家みたいなところに潜伏しながら、君たちとの打ち合わせどおり、現状打破の作戦を進行中だったんだ」

「はい」

「……で、話が前後するんだけど、うちには、ヨキの上にお兄ちゃんがいるんだ」

「兎の、すごく賢いおにいちゃんだってヨキから聞いてます」

「そうそう、その子。早くに両親を亡くした子でさ、うちに養子にきてもらった子なんだ。その子が、この逃亡生活の間に体調悪くしちゃったんだよ。……それで、ヨキがパパって呼んでるほうに頼んで、上の子を病院へ連れて行ってもらって、俺は隠れ家に潜んでたんだけど……」

「見つかったんですね」

「隠れ家に襲撃されたよ。ルペルクス本家の諜報部《ちょうほう》ってシャレになんない粘着質だよな」

「アウィアリウスも似たようなもんですよ。ナツカゲさんも、自分の実家のことながら、すっごい渋面作ってますし、尻尾がめちゃめちゃ不機嫌になるんです」

「お互い、旦那《だんな》の実家には苦労するな」

「いや、俺は……」

「あぁ、つがいじゃないのか」

「……はい。単なる仕事の相棒みたいな、そういう感じです」

「そっか。……君がナツカゲ君のことを話す時、すごく声が幸せそうだったから、てっきりそういう仲なんだと勘違いした。ごめんな、早とちりだ」

「いえ……あの、それは正解です」

「うん？」

「俺が、一方的に、好きなんで……」

「片思いかぁ」

「ですね……。しかも、その片思いも、ほんの数日前に自覚した片思いで、自分でもまだどうしたもんか分かんなくて持て余してる状態なんですけど……」

「俺から言えることなんかなにもないけど、……まぁ、生きてるうちしか人生って満喫できないから、求愛行動、頑張ってみてもいいんじゃない？」

「求愛行動……」

「そ、求愛行動」

「求愛行動って、なにするんですか……」

「好きな人の名前呼びまくってキスしてハグして撫でくり回してもう一回キスして抱きしめて膝に乗ってセックスに誘う」

「大胆っすね……。俺、こないだ初めて手を繋いだだけで心臓バクバクして死んじゃいそうになりました」

「可愛いな、おい」

「あざす」

「…………」

「…………」

すこしの沈黙をおいて、二人同時に、「なんで俺たちは牢屋で恋バナしてるんだろうな？」と笑い合って、本題に戻した。

ルペルクス家とアウィアリウス家の当初の作戦では、ヨキと家族が住む家を襲撃して、家族全員を捕まえる予定だった。だが、それは失敗して、ヨキだけが捕まってしまった。捕まえたヨキを使い、ヨキの両親を誘《おび》き出す作戦に修正変更されたが、アオシとナツカゲの機転でヨキは保護され、それも失敗に終わった。今回は、ヨキの代わりにこの青年を捕まえて、ヨキの父親を誘き出す作戦に変えたのだろう。

アオシを拉致《らち》したのは、ルペルクス家に差し出す為だ。それしか理由がない。

「じゃあ、俺と君の共通目的は、ここから逃げ出す、ってことでいいかな？」

「はい」

「たぶん、俺の旦那も、君の相棒とやらもここへ助けに来ると思う。でも、俺たちはわりととても強いので、お互いの旦那の足手まといにならないように、いまから脱走を試みようと思う」

「ただ、残念ながら、俺は武器をほぼすべて没収されました。いま持ってる武器は、ナイフが二本のみです」

「充分充分。よし、ちょっと待っててな……よいしょ、っと」

ヨキがナツカゲの膝によじ登るのと同じような喋り方で、「よいしょ」と声をかけ、牢屋の向こうで青年が立ち上がる。

間もなく、隣の牢屋の鍵を壊したらしい音がした。

アオシが、じっと目の前の鉄格子を見つめていると、ひょい、と長い足が見えた。

続いて、獣のように一対の瞳が光った。

水に溶いた墨のような髪色をした青年が、牢屋を覗《のぞ》き込んできた。

口元に印象的なホクロのある青年だ。美人と形容するのがぴったりの、どこか冷たい雰囲気のある美貌《びぼう》の持ち主で、不思議な風合いの瞳でアオシを見つめてくる。

「どうも、こんにちは」

「こんにちは……」

「すぐ壊すから待っててな」

恐ろしいほどに美しい表情とは裏腹に、彼はくしゃりと人懐っこく笑った。

鼻歌を歌いながら、なんの道具も持っていない普通の手で、牢屋の鍵をぐしゃりと握り潰《つぶ》す。その異様な握力は、普通の人間に見えるけれど、まごうことなき人外だった。

「はいどうぞ」

「……どうも、ありがとうございます。助かりました」

アオシは牢屋を這い出て、頭を下げる。

その時、ちらりと見えた彼のうなじが、嚙み痕《あと》だらけでケロイドになっていて、「この人のつがいは、途轍《とてつ》もなく愛情が深くて、執着が強いんだろうな」と思った。

「君、帰りの道順分かる？　俺、気絶させられてたから、ここの間取り分かんないんだ」

「覚えてるんで先導します」

「よろしく」

アオシが先に立ち、地下牢を出る。

地下牢から出る扉の鍵も、人外の握力ひとつで握り潰してくれた。

これだけの異能があれば、先に一人で逃げ出せたのでは？　アオシはそう思ったが、どうやら彼も連れ去られてきて、いましがた目を醒ましたばかりだったそうだ。

地下牢には見張りがいなかったが、扉の外に二名いた。

右の見張りをアオシが殴り倒す。左の見張りは人外の彼が倒した。

「……口笛？」

思わず耳を澄ましてしまうような、物悲しい音色がアオシの耳に響いた。

「あの、……いまの、口笛」

見張りから武器を奪いながら、アオシは尋ねる。

「うん？」

「トラツグミ……の、鳴き声」

「そうだね」

「…………」

微笑む青年に、アオシは息を呑む。

トラツグミの鳴き声が聞こえたら、人が死ぬ。

裏社会の、そんな都市伝説や噂くらいは、アオシも耳にしたことがあった。

アオシはすぐさま、「これ、トラツグミの鳴き声を聞いたら死ぬやつだ」と悟る。

……この人は、何年か前に雲隠れした殺し屋の片割れだ。

「引退したのは、もう何年も前だからすっかり忘れられてると思ったけど、案外そうでもないんだな」

「はぁ……」

「こわい？」

「というよりも、ヨキのとうちゃん元殺し屋かよすげぇなって思いました」

「あっはっはっは。……っと、ごめん。デカい声で笑っちゃった。そう、君の言うとおり、元殺し屋なんだよ。もちろん、俺の旦那のほうもな」

「ヨキは……」

「知らない。上の子は知ってるけど」

「じゃあ、ヨキにも黙ってます」

「ありがと。君、イイ子だな」

「どうも……あの、俺たちそんなに年が変わんないと思うんですけど……」

　わしゃわしゃと頭を撫でて褒められて、アオシは照れる。

「ごめん、子供にするみたいになってた。でもまぁ、俺のほうがちょっとお兄ちゃんだからお兄ちゃんヅラさせといて。……って、俺のほうが年上だよな？」

「たぶん……。俺、今年二十三歳です」

「俺、三十一歳」

「見えませんね……」

「よく言われる。人外はあんま見た目変わんないしな」

「いや、そうじゃなくて、言動のほうが……」

「落ち着いてないって？　それもよく言われる」

　朗らかに笑い、またアオシの頭を撫で回す。

「頭撫でるの、癖ですか？」

「うん？」

「俺とかナツカゲさんの掌に、ヨキがよく頭をすり寄せてくるんです。それって、あなたと旦那さんが、ヨキの頭をいっぱい撫でて、毛繕いして、毛並みを整えて、可愛がってるからなんだろうなぁ……って思ってました。……ちょ、頼みますから、泣かないでくださいよ、ほんと、感動し屋さんですね」

「……うん、ごめん」

「ほら、行きますよ。ちゃんとついてきてくださいね」

「うん」

アオシが手を差し出すと、ヨキと同じように彼もぎゅっと手を繋いできたから、二人して手を繋いで長い廊下を歩き始めた。

足を怪我していると言っていたが、生まれつきなのか、ほかの場所も悪いようで、歩くのがとてもゆっくりで、腰や背中を庇うような動作があった。

アオシがそれに気づいたと察したのか、彼は、「小さい頃、あんまりいい環境で育ってなくてさ、ここ何年か歩くのが精一杯」と、苦笑した。

「それで、引退したんですか」

「ヨキを妊娠したってのもあるんだけどな」

「あなたのこと、噂くらいなら聞いたことがあります。その時、どうして急に引退したんだろ、ってちょっと不思議でしたけど、そういう理由だったんですね」

「上の子を養子にもらって、ヨキも妊娠したし、いい頃合いかなって思ってさ……、旦那と相談して引退決めたんだ」

「二人でちゃんと相談して、話し合って、決められるっていいですね」

「うん、しあわせだよ」

「…………」

「ところで、俺も君のこと噂で聞いたことあるよ。君、護衛業の人だろ？　子供の敵には容赦ない人。ちょっと前に、児童売買の組織絡みでめちゃくちゃ活躍した人だ。裏稼業から逆恨みされて一年くらい揉《も》めてただろ。商売下手な子だなぁって思ってたんだ」

「……仰《おっしゃ》るとおりです」

「まぁ、でも元殺し屋と現役護衛業がタッグ組めば、ここからの脱出は余裕じゃね？」

「さぁ、どうでしょう。……兄貴がそれなりの対策を練ってるはずですから……」

地上へ出る階段を上りきり、ようやく外の景色が見える階に辿り着いた。

ここまでの移動中、今後の逃走経路について相談した。この古城から街までは歩いて帰れる距離ではない。城の裏手にある庭か、駐車場のどちらかにアオシを乗せてきた車があるはずだから、それを奪うことにした。

いまは、そちらへ向かって進んでいるのだが、あまりにも静かで気味が悪い。

そんなことを考えていた矢先、虎の獣人と狼の獣人がアオシたちを襲った。

銃などは使ってこない。素手だ。アオシたちを傷つけることは禁じられているのだろう。

多勢に無勢だ、アオシたちは一旦、近くの部屋へ逃げ込んだ。

「すこしでも走れますか？」

「……無理だな、君だけ先に逃げろ。……アオシ！」

「……っ！」

叫び声とほぼ同時に、アオシの横っ面に虎の拳《こぶし》が見舞われる。

たった一撃なのに、ぐらりと視界が歪《ゆが》む。一歩前へ足を踏み出し、転倒こそ踏み留《とど》まったが、そこまでだ。反撃に出る前に、膝をついてしまう。

せめて、あの人だけでも逃げてもらう。

ヨキのもとへ帰ってもらう。

アオシは考えを切り替えた。

アオシ自身がナツカゲのもとへ帰ることは諦めた。

「逃げろ！」

アオシはナイフを抜いて、虎の獣人の足首を切った。

だが、ヨキの親である彼もまたアオシと同じことを考えていた。

アオシだけでも逃がそうと、アオシを庇い、自分が矢面に立った。

狼の獣人が、がばりと大きな口を開いた。殺すつもりはないのだろう。だが、アオシと彼のどちらもが、殺されると思った。

「アオシ！」

「ウラナケ！」

二つの声が、同時に発せられた。

「ナツカゲさん！」

「アガヒ……！」

アオシたちも、互いの連れ合いの名を呼んだ。

アガヒと呼ばれた虎の獣人とナツカゲが、瞬く間にその場にいた敵を制圧してしまう。

あっという間のことで、アオシは見惚《みと》れてしまい、隣にいたウラナケは、「アガヒかっこいい」と夢見心地で瞳を輝かせていた。

「アオシ、無事か」

ナツカゲがアオシの傍で片膝をつき、その頬を優しく押し包む。

「無事です。すいません、……助かりました」

「見せてみろ。殴られたのは顔だけか？　目は見えているか？　気分は悪くないか？」

「いまんとこないです、だいじょうぶ」

「迎えにくるのが遅れてすまん」

「……ナツカゲ、さん？　ど、したんですか……？」

抱きしめられた。

ぎゅうぎゅう、ぎゅうぎゅう、きつく抱きしめられた。

どうしていいか分からず、アオシは中途半端に浮かせた両腕を上げたり、下げたり、指を曲げたり、ちょっと伸ばしたりしながら、手の置き場に困って、結局、だらりと両腕を床に垂らして、ナツカゲに抱きしめられるがままになる。

ナツカゲの肩越しに、ヨキの両親が強く抱きしめ合う姿が見えた。

「アガヒ、腰痛い！」

「分かった分かった」

そう言いながら、さっきまでアオシの兄貴面していたウラナケが、大好きなつがいに抱き上げてもらって、キスしてもらっていた。

「アガヒ」

アガヒ、アガヒ。ウラナケは愛《いと》しいつがいの名前を呼んで、頰ずりをして、抱きしめて、キスをしている。

大好きなつがいに、これでもかと、めいっぱい求愛行動をしている。

アガヒと呼ばれた虎の獣人は、ウラナケの差し出すその愛をめいっぱい受け止めて、この世で一番幸せだといわんばかりの表情でウラナケに口づけていた。

そうしたら、もっと、もっとと言わんばかりに、小鳥のような愛らしさで、ウラナケがアガヒを強く抱きしめて、惜しみない愛を差し出す。

その姿がなんだかとても可愛くて、アオシは、「俺もあんなふうにしたら、ナツカゲさんにもっと抱きしめてもらえるんだろうか……」と、そんなことを想った。

いま、こうして抱きしめてもらっているだけでも充分に幸せなのに。

抱きしめ返す勇気すらないのに。

他人の愛を見て羨《うらや》んで、もっと欲しがってしまった。

＊

上の子とヨキは、二人ともモリルが面倒を見ていて、無事らしい。

ヨキの両親との挨拶もそこそこ、まずはこの城を出ることを急いだ。

だが、四人の進路にエイカとマリューカが立ちはだかった。

「ナツカゲ様、どうぞ、我が不肖の弟はその場に捨て置きください」

アウィアリウス家の名代として、エイカがアオシに銃口を向ける。

「トゥエオル様、どうぞ、その人外をお捨てになって、屋敷へお戻りください」

ルペルクス家の名代として、マリューカという女性がエイカの隣に立っていた。

トゥエオルというのが、アガヒの本名なのだろう。

エイカも、マリューカも、それぞれの主家に仕える身分だ。

彼らは、この場にすら存在しない飼い主の命令で動く。

ナツカゲとアガヒは、エイカとマリューカに各家の家長を「ここへ呼びつけろ」と命じると同時に、「この場で話し合いに応じないなら、もう二度とこんな愚かな真似ができぬよう相応の手段に出る」と宣告した。

エイカとマリューカは、「ご主人様はあなた方と交渉いたしません」と対話を拒んだ。飼い主にお伺いを立てるまでもなく、エイカとマリューカのところでシャットダウンした。おそらく、「そのようにしろ、下手に出るな」と命じられているのだろう。

「では、相応の手段に出る」

そう宣言したのは、ナツカゲだったか、アガヒだったか……。

二人がそれぞれの携帯電話を操作し、アガヒは誰かに口頭で指示を出し、ナツカゲは端末を操作して指示を与える。

ものの数分も経たぬうちに、エイカとマリューカの携帯電話に着信があった。二人は、電話口の相手に丁寧に応じ、なにひとつ口答えせず、「すべて主家のご命令のとおりに」と首を垂れた。エイカもマリューカも従順だったが、己が無能だと主家に失望されたと感じたようで、どこか悔しさを頰に浮かべていた。

「アウィアリウス家は、今後、この件を二度と持ち出さぬと決定いたしました。どうぞ、それを連れてお帰りください、ナツカゲ様」

「ルペルクス家は、今後、トゥエオル様とご家族に一切の手出しをせぬと決定いたしました。どうぞ、お引き取りください、トゥエオル様」

　エイカとマリューカが、道を譲る。

　アオシはナツカゲに手を引かれて、エイカの前を通り過ぎた。

　アオシとエイカは、お互いに交わす言葉もなく、表情でなにかを推し量ることもなく、血の繋がった兄弟らしく言葉なくとも分かり合うこともなかった。

　一度も一緒に食事をしたことのない兄がなにを考えているのかすら分からなかった。

　アオシは、特に、残念とも、悲しいとも、勝ったとも、ざまぁみろとも思わなかった。

＊

　ナツカゲとアガヒが、どのようにしてあの実家を引き下がらせたのか。

　それは、とても簡単な方法だった。

　アウィアリウス家とルペルクス家が、人間や人外を繁殖用のペットとして飼い殺しにしていると公に発表するぞ、と脅しをかけたのだ。

　それらは、一部の特権階級の間では暗黙の了解であり公然の秘密だったが、下々の者にとっては初耳だ。恰好の噂の餌食《えじき》だ。好奇心の獲物になる。

　同時に、人権問題にもなるだろう。

もしかしたら、奴隷禁止法を適用されて、アウィアリウス家やルペルクス家は糾弾されるかもしれない。

だが、エイカとマリューカの電話口の向こうの相手は、「ルペルクス家とアウィアリウス家の権威を恐れて、メディアはこの情報を握り潰し、政治的にも配慮される」と、当初は開き直った。

ナツカゲとアガヒは、「我々の交友関係や知己、かつての仕事仲間や情報屋、ありとあらゆるところに情報を流す」と脅しをかけ、実際に、その情報の一部が漏洩《ろうえい》するように仕組み、アウィアリウス家とルペルクス家に痛手を与えた。

あの短時間で、目に見えて分かるほどの痛手を与えたのだ。

おそらく、アオシが配達した手紙は、そういったことに活用されたのだろう。

だが、アウィアリウス家とルペルクス家は怯《ひる》まず、即座にリカバーした。

ナツカゲとアガヒは、続いて、両家が私的な理由で国軍と警察を動かした件で公安が動くことを示唆した。

両家の代表は、「それもまた配慮される」と開き直った。

だが、これは、リカバーがうまくいかなかった。

なぜなら、特権階級に君臨する様々な種類の獣人が、皆、ルペルクス家とアウィアリウス家に迎合しているわけではないからだ。この両家を嫌う、もしくは、どちらかを嫌う獣人の一族や、派閥や、組織も、この世には存在する。

ルペルクスとアウィアリウスは、ナツカゲやアガヒたちに狙《ねら》いを定めている間に、背後から別の獣たちに強襲されたのだ。その強襲すらナツカゲとアガヒの算段だとも知らずに、彼らは喰《く》い合いを始めたのだ。

数ヵ月から半年もすれば、人知れずのうちに何人かが事故で死んで、いくつかの会社が倒産して、誰かが首を括《くく》って、誰かが行方不明になって、誰かが政治の表舞台から姿を消して、誰かが軍高官の役職を辞して……、静かに、彼らの喰い合いは終わるだろう。

ナツカゲとアガヒは、ここからさらに両家を追い詰めるネタを持っている。

だが、それは使わない。

使わずに持っていることが抑止力になるのだ。

実際にそのネタを使って、もうどこにも逃げ場がないところまで追い詰めてしまうと、追い詰められた獲物は死に物狂いでこちらに攻撃をしかけてくる。どうせ破滅するのだから……と、道連れにしようとする。

だから、そのネタは使わない。

いつでも使える状態を保ちつつ、使わないのだ。

そして、自分たちの家族と幸せに暮らすことだけに懸命に尽くすのだ。

ナツカゲも、アガヒも、そうした物事の駆け引きが、とてもとても上手だった。

＊

「うちは情報屋！　託児所じゃないのよ！　んもう！　情報屋が子供の扱いなんて分かるわけないじゃない！　馬鹿みたいにご飯食べさせて、遊園地連れて行って、アイスクリームいっぱい食べさせちゃったからね！　ぽちゃぽちゃになっても知らないんだから！　あーかわいかった!!　とっとと自分ちの巣穴へおかえり！」

モリルが、しっしっ、と二人の子の背中を押した。

一人はヨキ、もう一人はヨキの兄だ。

「ヨキ！　ユィラン！」

ウラナケが足を引きずって歩み寄ると、ヨキとユィランは手を繋いで駆け寄り、ウラナケの懐に飛び込んだ。

そうして固く抱擁する三人を、アガヒが家族みんなまとめて抱きしめた。

ヨキがようやく家族のもとへ帰れた瞬間だった。

「ぱぱぁ、……っぱ、ぱ……ぉおぉとしゃ……おに、ちゃ……っ」

ヨキは言葉も満足に喋れぬほど、おいおいと嬉し泣きしている。

「ごめんな、おむかえ遅くなって、ごめんな……っ、ユィランも、こわい思いさせてごめんな……っ」

　二人の息子を抱きしめたウラナケも、おいおい泣いてる。

「ヨキとウラナケさん、泣き方一緒……うるせ……」

　アオシは憎まれ口を叩きながらも、表情は晴れ晴れとしていた。

　やっとヨキを家族のもとへ返せた。あるべきところへ返せた。それが満足だった。

「ナツカゲさん」

　アオシは、隣に立つナツカゲを見上げる。

「ふぁ、ぁあー……なんだ？」

　欠伸《あくび》をしながら、ナツカゲがアオシを見下ろす。

「俺の望むこと、叶えてくれてありがとうございます」

「それが俺の喜びだ」

「じゃあ、……腹減ったんで、帰ったら朝メシ作ってください」

「おう、いいぞ」

「ナツカゲさんは俺に甘いなぁ……」

「もっと甘くできるが？」

「……ナツカゲさん、俺に、帰る家をくれてありがとうございます」

「なんだ？　急に改まって」

「もうこれで充分幸せだってこと、自覚しました。俺、いまの家出て、一人で暮らします。いままですみませんでした。ありがとうございます」

「……おい、それは……」

「…………」

ナツカゲがその続きを言うより先に、アオシは一歩前へ踏み出した。

ナツカゲの言葉を聞くと決心が揺らいでしまうから聞かないようにした。

「アオシ！　ヨキに……っ、ぱぱとおとうしゃ、と、……おにいちゃ、みつけてくぇて、あぁあぃがとっ」

ヨキが泣きながらアオシに抱きついて、ありがとうと言ってくれた。

「弟を守ってくれてありがとうございます」

ヨキの兄のユィランにまで抱きしめられた。

「本当にありがとう、アオシ君！　君はうちの英雄！」

「ありがとう、心から感謝している」

ウラナケとアガヒにも抱きしめられる。

ユィランの兎《うさぎ》の耳と尻尾、ヨキの仔虎の尻尾と耳、人外のウラナケと大型獣人の虎のアガヒ、家族四人にもみくちゃにされて、お礼を言われて、アオシは笑った。

ヨキたち家族の愛情の深さに触れて、アオシの心は決まった。

いつも家族のことを想う彼らの在《あ》りようを目の当たりにして、「あぁ、俺はこういう家族みたいなことをなにひとつとして知らずに育ってきたんだ」と思い知った。

それはとてもありがたい経験だった。

自分に欠けているものがなにか分かったから。

今日までずっと、まるで家族みたいに、ナツカゲに甘えてきた。

いままでずっと、一方的にナツカゲの善意と罪悪感に甘えてきた。

自分にとって居心地の良い場所で、好きなように生きさせてもらってきた。

六年もナツカゲの人生を無駄にさせた。

アオシといたこの六年の間に、本当なら、ナツカゲはつがいを見つけて、添い遂げて、子を成して、家族を得ていたかもしれない。

いま、アオシの目の前にあるような家族を得て、幸せに暮らしていたかもしれない。

それを許さなかったのは、アオシの存在だ。

アオシは、いままで自分が幸せであることを最優先に生きてきた。

アオシは、自分が幸せになることばかり考えてきた。

無自覚に、そうして生きていた。

本当にナツカゲのことが好きなら、もうそれはやめるべきだ。

でも、ナツカゲを幸せにしたいと思った時、なにも考えが思いつかなかった。

好きな人を幸せにする方法が、なにも分からなかった。

好きな人を大事にする方法が分からなかった。

ナツカゲがアオシにしてくれるみたいに、ナツカゲを大切にする方法が分からなかった。

あんなにもアオシのすべてを肯定してくれる人に、なにも返せないことに気づいた。

自分が欠陥品だとやっと気づいた。

それがとても申し訳なくて、顔も見られなくて、ナツカゲの傍にはいられなかった。

*

ヨキと家族は自分たちの家へ帰った。

アオシは、自分だけどこかのモーテルに泊まることを考えていたが、ナツカゲに有無を言わさず腕を取られて車に押し込められ、家へ連れて帰られた。

アオシは逃げるように、「すこし休みます」と断って部屋へ閉じこもった。

これじゃ、六年前と変わらない。

最初と最後が結局一緒。

この部屋に閉じこもって、ナツカゲから逃げて終わるのだ。

「はー……」

部屋へ入って、ドア伝いにしゃがみ込み、大きく息を吐く。

ヨキを家族のもとへ返すという大きな問題が片づいたのに、心はまだ疲れたままだった。

だが、ベッドで眠ってしまったり、ソファで休憩してしまうと、決心が鈍って、結局このまま、ずるずるとここに居着いてしまいそうで、アオシはベッドで休めなかった。

「荷造り、しないと……」

雑然とした自分の部屋を、ざっと見回す。

出ていく準備をしないといけない。

でも、どの荷物を持っていけばいいか分からない。

実家を出た時は着の身着のままで、ぜんぶナツカゲが用意してくれた。

「いっそ、ぜんぶ置いていくか……」

そのほうが、ナツカゲを思い出さなくて済むかもしれない。

処分は業者に頼めばいいのだから、そのほうが身軽に出ていける。

「……未練がましい」

出ていこうと思っているのに、腰が重い。思い出として、この部屋や、この家の写真を撮っておこうかな……なんてことをチラっと……わりと本気で考えている。

「おい、アオシ。……まだ起きてるか」

ナツカゲがドアをノックして声をかけてきた。

こない。

言葉は断定口調だけれども、ナツカゲは、アオシの許しがなければドアの内側へ入って

「話をするぞ」

アオシはドアに凭れかかったまま返事をする。

「……はい」

アオシの部屋のドアには、鍵が付いている。

最初の頃は、常時、鍵をかけるのが習慣だった。いつの頃からか、鍵をかけている時もあれば、鍵をかけ忘れている時もあった。近頃は、このドアが鍵をかけられるということすら忘れていた。

ナツカゲも、もうずっと前から、アオシの部屋のドアに鍵がかけられていないことを知っているはずなのに、それでも毎回、律義にノックをして、声をかけて、アオシが返事をしてドアを開けるまで外で待ってくれていた。

「部屋に入れてくれ」

今日、初めて、ナツカゲからそれを望まれた。

ナツカゲが、アオシになにかを望むなんて初めてだ。そう思うと、アオシは、最初で最後かもしれないナツカゲの望みを叶えないなんてことはできなかった。

「いま、……開けます」

アオシは立ち上がり、ひとつ深呼吸をして、自らドアを開いた。

ドアの向こうのナツカゲは、「お前の領分に入りたいと願ってすまない」とでも思っているような表情で立っていたが、アオシが間口の端に避《よ》けて、「どうぞ」と室内へ招くと、驚いたような、嬉しいような、いろんな感情が混ざった表情になった。

ナツカゲは「邪魔する」と断って、一歩、アオシの生活領域に踏み入った。

「お前の部屋、物が多いな……」

ナツカゲがアオシの部屋に入るのはこれが初めてだ。

ほんの一瞬、ざっと見ただけで、ナツカゲはそんな感想を漏らした。

「すみません。これでも、ヨキが寝起きするのにけっこう片づけたんです」

「お前、これぜんぶ持ってこの家を出るつもりか？」

「いえ、……着替えと当面必要な物以外は業者に処分してもらおうと思ってます……」

「……本気でここから出ていくつもりなんだな」

ナツカゲは深く肩で息を吐き、アオシに向き直った。

「……はい」

アオシは壁際に凭れかかり、顔を俯けて頷く。

「俺と暮らすのは、もう無理か？」

「…………」

「俺と仕事をするのも、ただ同じ屋根の下にいるのも、同じ空間で生活をするのも、お前にとっての限界がきたか？」

「…………」

「ここは俺の家でもあり、お前の家だ」

「俺が、ナツカゲさんの縄張りに居候させてもらってただけなんです。……俺が、ナツカゲさんの厚意に甘えて、六年前の罪悪感につけ入って、まるで、この家の住人みたいに当然のように振る舞って、ナツカゲさんに甘やかされてきたんです」

「罪悪感だけで、ここまでお前を大事にすると思ってんのか？」

「だって、ナツカゲさんそういうとこあるじゃないですか。一回でも自分の懐に入れたら、めちゃめちゃ大事にして可愛がる、みたいな……」

「俺が、誰かほかの奴にそんなことしてる姿を見たか？」

「見てないですけど、俺に対してそうじゃないですか」

「そりゃそうだろ、こっちはお前のこと好きなんだから」

「すっ……、…………はぁっ⁉」

「なんで怒るんだよ。怒んなよ」

「いまのいままで、っ……そんな、だって、そんなこと一回も……」

「俺に触られることもこわがるような奴に好きだっつって迫っても、お前を苦しませるだけだろ」

「だけど……そんな素振り……、一度も……」

「本当に一度もないと思ってたのか？」

「ぜんぶ、罪悪感からくるものだと……だから、優しくしてくれて、俺の言うことなんでも叶えてくれて……」

「お前の願いごとなんか仕事のことばっかりじゃねぇか。私生活は遠慮ばっかりで、俺に気ぃ遣ってんの丸分かりで……、そんなもん、こっちからしたら健気にしか映んねぇんだよ。逆に可愛いわ。好きになるしかないだろうが」

「そんなことで好きになるんですか……」

「それだけなわけねぇだろ。なんだ？　いちからぜんぶ言えばいいのか？　お前の好きなところ。長くなるからビールとコーラとピザでも用意しろよ」

「それ、徹夜で海外ドラマ見る時と同じじゃないですか……、もっと掻いつまんでください。ダイジェスト版でお願いします」

「好きな奴の好きなところを言うのを簡単にまとめろって……お前、難しいこと言うな」

ナツカゲが笑うから、アオシもつられて笑ってしまう。

「はー……もう、わけ分かんなくなってきた……」

こういう展開は想像していなくて、アオシは言葉を失う。

もうすっかりナツカゲのペースに巻き込まれて、アオシはずるずると壁伝いに座り込んで脱力してしまった。

そしたら、ナツカゲもアオシの対面に胡坐をかいてどっしりと腰を落ち着けた。

「お前とこの仕事を始めてちょっと経った頃だ。……お前、ひどめの風邪をひいたことあっただろ?」

「……はい」

その時、アオシはリビングのソファに寝かされていた。

完全にナツカゲの縄張りであるナツカゲの部屋のベッドではアオシが休まらず、かといってアオシの部屋にナツカゲが入ることもナツカゲが遠慮してしまい、妥協案としてリビングのソファで看病されていた。

「あの時な、お前が熱に魘《うな》されながら、……ナツカゲさんでよかった、って言ったんだ」

「記憶にないです」

「だろうな」

ナツカゲは苦笑する。

それでも、あの時、アオシは、看病するナツカゲに微笑みかけて、こう言った。

「繁殖に使われるって分かった時、怖かった。でも、いまは、初めてがナツカゲさんでよかったって思ってる。ナツカゲさんは、俺なんかを抱く破目になって不服だったろうけど……、ごめんなさい、俺は、自分の人生が変わるきっかけがナッカゲさんで、すごくうれしい。いつも、こわがってごめん。でも、俺、ナツカゲさんのこと、きらいじゃないよ。俺のこと大事にしてくれてるの分かってるよ……。ありがとう」

高熱で体も心も弱っていたのか、アオシは、「いま言わないと死んじゃったらなにも言えないから……」と泣きながらナツカゲに伝えた。

「俺のせいでナツカゲさんが罪の意識に囚《とら》われたり、不幸になったり、幸せになれないのはいやだから、俺のことそんなに大事にしなくていいよ、自分のこと大事にして」

そういうことを、ナツカゲにたくさん言ってくれた。

ぐずぐずと赤ん坊みたいに泣きじゃくって、ナツカゲの腕に縋《すが》って、頭を下げて、ごめんなさい、と何度も謝った。

謝りながら、溢れる感情をナツカゲに伝えてくれた。

アオシがずっと何年も一人で抱え込んできた苦しみをナツカゲに打ち明けてくれた。

心を開いてくれた。

狼の獣人に飼われている人間。そういうレッテルを貼《は》られて生き続けるなんていやだとずっと思っていたこと。小さい頃からそういう目で見られてきて、ずっと大人の目が気持ち悪かったこと。血の繋がった大人も、繋がっていない大人も、実家の実情を知っているよその大人も、学校の大人も、みんな、気持ち悪かったこと。

でも、逃げ方が分からなかったこと。

アオシがなにか考えて企んでいると察知すると、アウィアリウス家とアオシの親兄弟は、そろいもそろってアオシに、「お前の考えは間違っている」と頭ごなしに躾《しつ》けてきた。

ずっとそういう教育を受けて育ってきたから、心のどこかで違和感を覚えていても、それを己の中で深く追求するより先に、本能レベルで躾けられた服従の精神がアオシを支配して、アオシを板挟みにした。

大人が気持ち悪くて、毎日、トイレの個室で吐いた。将来、自分もあんな大人になるのかもしれないと思ったらぞっとして、それなら子供のうちに死のうとさえ思った。

結局、死ぬほどの勇気もなくて、ただひたすら、「学校卒業と同時にあの家から逃げよう、あの支配から逃げよう」、そう自分に言い聞かせてきた。

自分の感じた違和感と不快感だけは忘れてはならない、自分の本能を他人に委《ゆだ》ねてはならない、自分を守らなくてはならない、逃げなくてはならない、それだけを支えに十代を生きてきた。

子供の頃の記憶なんて、それしかない。

気づいた時には、強迫観念じみたその思考に支配されていた。

世の中の大人は、みんな信用できない。

学校の教師や専門機関に相談したところで、果たして、彼らが、アウィアリウス家と敵対してまでアオシを守ってくれるとは思えない。

アオシの周りには、まともな大人がいない。

アオシの周囲がたまたまそういう最低の大人だらけで絶望的な状況だった、というだけで、ちょっと外の世界に目を向ければそうでない大人もいるのだろうが、生憎《あいにく》、アオシは、その、まともな大人を探し出すことも、協力を仰げるほどの大人を見つけることもできなかった。

なかなか見つけられないものを見つけ出すことに時間をかけるよりは、世の中のすべてを疑って、自分を助けるのは自分だけだと信じて生きて、密《ひそ》やかに計画を立て、逃亡を実行に移すほうが、よっぽど現実的だった。

そんなアオシが初めてまともな大人に出会った。

ナツカゲだ。

初めて見る、ちゃんとした大人だった。

アオシの感性に近い不快感や違和感をきちんと自分の言葉として発言して、アウィアリウス家やイェセハラ家に真っ向から拒否感を示して、まっとうな思考回路で物事を語って、自分の意見をしっかりと持って、揺るぎなかった。

初めて、尊敬できる大人に出会った。

アオシはナツカゲの存在に救われた。

「熱出してつらいくせに、お前はずっと俺に謝るんだ。俺みたいな荷物を背負わせてごめんなさい、こわくないのに、もっとたくさん話したいのに、ありがとうって言いたいのに、ごめんなさい……って、何度も何度も謝るんだ……」

「…………」

「その時に、お前が俺をどう思ってるのか分かった。こわがってるだけじゃないって分かった。すくなくとも俺を嫌っていないし、避けているわけでもない。ただ、大人とどう接していいか分からなかったんだろうな……。お前のそういうところを知ると、まぁ、なんだ……可愛いと思ったんだよ。一回でもそう思っちまったら、あとは、な……」

だが、ナツカゲはアオシを見守ることを優先し、恋だの愛だのに発展させるつもりはなかった。

ナツカゲがアオシに好意を伝えたところで、アオシの心はまだそんなことを考える余裕がない。熱に浮かされながらも謝るほど、ナツカゲに申し訳ないと思っているのだ。

ここでナツカゲが迫ったら、アオシを苦しめるだけだ。

アオシがナツカゲに抱いている罪悪感につけ入って、アオシに「ただでさえナツカゲさんには迷惑かけているのに、このうえナツカゲさんの好意を否定してはいけない」と思い詰めさせて、自由恋愛の選択肢をアオシから奪い、ナツカゲの縄張りに囲い込むようなものだ。

そもそも、アオシは、あの夜以来、海外ドラマの濡れ場シーンはおろかキスシーンにすら息を呑み、気分が悪いと言って離席することがあった。そういう行為に恐怖心がある生き物に、狼の自分が欲を向ければ、怯えさせるだけだ。

あの夜を思い出させるだけだ。

「だから、俺に……なにも言わないで、俺のこと大事にしてたんですか」

「好きと伝えられずとも、大事にすることはできるからな」

「でも、俺に好きって言ったってことは、その……そういう、恋人同士ならすることも考えてたってことですよね……」

「そりゃあな」

「ナツカゲさん……、は、……子供とか、欲しいほうですか」

「お前との子供なら、いらない」

「……そう、ですか」

「勘違いするなよ。お前に負担をかけるようなことは、なにひとつとしてさせたくないからだ」

獣人の子供を人間が産む場合、自然妊娠が難しい。産科のフォロー、端的に言うと不妊治療や、妊娠に必要な臓器の移植が必要になる。いくらアオシがそういうことをさせるのに適した血筋だとはいえ、危険はつきものだ。

ナツカゲは、アオシの心身を危険にさらしたくなかった。

「お前が俺の子供を産むには負担が多すぎる。そこまでさせて孕ませたくない」

「……でも、そしたら、俺……ナツカゲさんになにも返せないじゃないですか」

そういうことのできる体なのに、それさえしないのなら、アオシは役立たずだ。

「子供がなくても、好きだと伝えなくても、好きな奴に恋することも、好きな奴を愛し続けることもできる」

「それじゃあ、ナツカゲさんはなにも報われない」

「もう充分報われてる。俺がお前を大事にしているということだけ伝わっていれば、俺は嬉しい。この世の中で、俺だけは絶対的にお前の味方で、お前の願いをぜんぶ叶えて、誰よりもお前の傍近くでお前を支えて見守る存在だと示すことができれば、俺は幸せだ」

誰よりも一番傍近くでアオシを大事にできるのだ。

アオシがナツカゲを信頼して、ずっとアオシの傍にナツカゲを置いてくれるなら、生涯アオシと肌を重ねる日がこないとしても、この一生をかけて忍耐の男で居続けるくらい、なんてことない。

アオシがナツカゲを恐れて立ち去るよりも、ずっといい。

「あー……だから、つまりだ、掻いつまんで言うとだな……」

「ナツカゲさんは、俺のこと、だいすき」

「そういうことだ」

「……俺は」

「うん」

「俺は、ナツカゲさんが、顔くしゃってして鼻のとこに皺寄せて笑うのと、めちゃくちゃ強いのと、ご飯作りながらごきげんで尻尾振って鼻歌唄《うた》ってる背中と、夜中に星とか見ながらベランダの椅子に座ってスコッチ飲んでる姿とか見るの……すき、です」

「おう」

「それから、休みの日に洗車しながら近所の子供とか犬と遊んでる姿を見ると、俺も混じって一緒に遊びたいって思ったし、車を運転してる時の横顔とかずっと見てたいし、俺の為に禁煙してくれたのすごい感謝してるし、さりげなく冷蔵庫に俺の好きな食べ物とか飲み物とか入れといてくれるの嬉しいですし、揚げ物料理が上手だし、洗濯が丁寧だからナツカゲさんに洗ってもらうと服が着心地いいので好きです……」

「次の洗車の時は一緒にやるか？」

「はい。それから……」

「お前、そんなに俺の好きなところあるのか」

「これでも掻いつまんでるんです」

「分かった、続けろ」

「それから、ナツカゲさんが俺のこと大事にしてくれて、優先順位の一番にしてくれて、大切に扱ってくれて、……俺は、ナツカゲさんが、俺よりも、誰よりも、……とにかく、俺が、ナツカゲさんを好きなんです。ナツカゲさんが幸せそうにしてるのを見てるだけで幸せなんです。泣きそうなんです。……好きなんです。ナツカゲさんが幸せそうにしたら、俺、ほかになにも欲しくないです」

「お前も、俺のこと大概だいぶと好きなんじゃねぇか」

「うっさい、好きじゃないです」

「いま好きって言ったのにか」

「言ったけど違います」

「好きは好きだろ。俺の幸せそうなとこ見てたらお前も幸せになるんだから、それは好きだろ。俺だってお前が幸せそうにしてたら勝手に口角ゆるむぞ」

「……好きだけど、好きじゃないです」

「だから、なんでだ」

「俺は、ナツカゲさんを幸せにする方法が分からない……分からない、っから……、どれだけ考えても、幸せにして、だいじに、して……っ、たいせつにする方法、分かんないから……っ、ナツカゲさんのこと、幸せに、できない……好きになっても、俺ばっかり大事にしてもらって、なんにも返せない……っ」

嗚咽《おえつ》が混じるせいか、泣きそうなせいか、呼吸が乱れて、言葉が詰まる。

顔を腕や掌で覆い隠すようにして、「……ごめんなさい」と謝る。

この六年間、もらってばっかりだった。

申し訳なくて、居《い》た堪《たま》れなくて、ナツカゲの顔も見られなかった。

「アオシ」

「……っ」

アオシの後ろ頭を大きな手で抱えるようにして、懐に抱き寄せられた。

優しく、そっと、けれども、いままでのどの抱擁よりも強く、しっかりと、ナツカゲは
アオシを胸に抱き込んで、両腕で囲い込んだ。

「俺が抱きしめたら、お前も抱きしめ返す。それだけで俺は幸せになるんだよ」

「…………」

アオシはナツカゲの胸に埋もれて、ナツカゲの言葉の意味を考える。

抱きしめ返すだけでいい。

アオシがナツカゲに返せること。

「……そんなことで、いいんですか」

「そんなことが嬉しいんだよ」

ナツカゲが低く笑う。

「…………」

抱きしめられているから、ナツカゲが笑うとアオシにまでその動きが伝わってくる。

この人に、もっと笑ってほしい。

できるだけいつも楽しくて、幸せで、尻尾が毎日ごきげんで……。

鼻歌を唄いながらキッチンに立って、できることなら、一緒に料理して……。

アオシは、そういう毎日でナツカゲを幸せにしたい。

それが、抱きしめ返すという些細なことの積み重ねで実現できるなら……。

「…………」

アオシは、だらりと垂れ下がった両腕を持ち上げて、指先でナツカゲの背に触れて、その感触を確かめるようにそっと掌を添わせ、ナツカゲの広い背中にしっかりと腕を回し、抱きしめ返す。

そうしたら、もっと強い力で抱きしめられた。

アオシがナツカゲのシャツを握りしめて、目の前の男の熱を強く感じるほど抱きしめ返せば、その胸の立派な毛皮に埋もれて息もできないほどきつく抱きしめられた。

あぁ、これはなんて幸せな行為なのだろう。

このまま死んじゃいたい。

それくらいしあわせで、気持ちの良いものだった。

＊

抱擁を交わし、口づけを交わす。

初めは小鳥が啄《ついば》むようなそれ。

息継ぎの仕方をアオシが覚えたら、恥ずかしがる顔を持ち上げて、噛んで、舐めて、いたずらをして、じゃれ合うようなものに。

アオシがナツカゲの腕にしなだれかかり、とろりと蕩《とろ》けたら舌を絡め、その口端から唾《だ》液《えき》が滴るほど深く。

アオシは必死になってナツカゲの口づけに応《こた》える。自分にできる限りの拙《つたな》い仕草で、精一杯その唇に気持ち良さを返す。そうしたらもっと気持ちの良いもので返ってきて、あっという間に骨抜きにされて、腰砕けになる。

「……ん、……っ、ぁふ」

唇が離れて、唾液が糸を引く。それすら卑《ひ》猥《わい》に見えて、ナツカゲととてもいやらしいことをしている気持ちになって、羞恥に耐え切れずナツカゲの毛皮に埋もれて顔を隠す。

もふもふしていて、きもちいい。

「この、もふもふしてるの……今日から俺のものって思って、自惚《うぬぼ》れてもいいですか」

「あぁ、ぜんぶお前のモンだ。好きなだけ自惚れろ」

「……言葉に、ならない……」

嬉しくて、幸せで、毛皮に頬ずりして、厚みのある胸で頬を弾ませて、胸筋とふかふかの毛皮の両方を楽しむ。子供みたいなその仕草を、ナツカゲが大人の声で笑って、好きなようにさせてくれる。

アオシがひとしきり満足した頃に、ナツカゲがアオシの頬に頬をすり寄せて、「そろそろ手を出してもいいか？」と優しく問うてきた。

「毎日毎日、後ろからこのケツ拝んでて、手を出したくてたまんなかったんだよ」

それが、アオシの緊張をほどく為の軽口だというのは分かっていたから、アオシは、「そういうことを言われると、余計に緊張するんですよ」と軽口で返した。

「すぐに緊張も忘れさせてやる」

「んっ……」

ナツカゲに頬を優しくつねられて、また、唇が重なる。

ナツカゲの手がアオシの尻を掬い上げ、瞬く間に抱き上げると、ベッドへ運ぶ。

こうしてベッドに寝かされてナツカゲに押し倒されると、いまからそういうことをするのだと改めて自覚してしまい、アオシの恥ずかしさと幸せが限界を突破して、思わず、ナツカゲの首に腕を回して自分のほうへ抱き寄せ、首筋の鬣に隠れてしまった。

「そのままそうしてろ」

ナツカゲはそれを許してくれたうえに、どこか嬉しそうに尻尾をぱたぱたさせる。

アオシの服を脱がせる合間にも、耳や鼻先を甘噛みされて、じっと鬣に埋もれていられないような心地良さを与えられる。

素肌にナツカゲの手が触れる頃には、アオシはぬるま湯に浸《つ》かったような微熱に酔っていた。

アオシはナツカゲから与えられる感覚すべてを受け入れ、それに蕩けるのが精一杯で、なにか返そう、ナツカゲを気持ち良くしたいと思えば思うほど、ただ、ナツカゲの背中の毛並みを逆撫でして、男臭さを鼻の奥で堪能して、酔い痴《し》れるばかりだった。

「なつかげ、さ……っ、……どこ、いくの……」

唇が離れて、ナツカゲの鼻先が胸元から臍《へそ》、そして下肢へと下がる。

体の表裏をひっくり返されてうつ伏せになり、尻をナツカゲに向けさせられる。

ナツカゲがアオシの尻を甘噛みして、臀部《でんぶ》の狭間《はざま》に沿って舌を滑らせ、括約筋のふちを舐め、濡らす。

アオシがめいっぱい首を背後へ向けると、ナツカゲは「恋人同士はこうするもんだ」となにも知らないアオシにナツカゲの愛し方を仕込む。

ナツカゲを無条件で信じるアオシは、「……ん、わかり、ました……」と頷いて、ナツカゲに愛されることを受け入れる。

ナツカゲの舌の熱さを、これからオスを迎え入れる部分で感じる。

「……っふ、ぅ、……ン、ぅ」

ベッドヘッドの隅に重なったクッションをひとつ摑んで、アオシは顔を埋める。

ナツカゲの毛皮ほど感触は良くないけれど、声を殺す物が必要だった。

自分の声がひっきりなしに漏れてしまいそうで、それを隠したかった。

排泄器官《はいせつ》を舐められて、ほぐされて、これからナツカゲを受け入れる為の場所に仕立てられている。そう思うと勝手に息が上がって、胸が高鳴った。

緊張よりも、恥ずかしさよりも、好きな人とするこの行為への期待感しかなかった。

「ぁ、っ……ふ、っ、ぅ」

指が、入ってくる。

さっきまで舌が入っていたそこに、いまは指を含まされている。

息苦しさにクッションから顔を上げた瞬間に限って、声が漏れる。また慌ててクッションに顔を伏せると、後ろでナツカゲが体を揺らして小さく笑う。

恨みがましくナツカゲを見やると、いじわるな顔で見つめ返される。

その顔がやっぱりかっこよくて、アオシは胸がぎゅうと締めつけられ、好きな人に見つめられるだけでなにも言えなくなる。

「困りモンだな。恋愛に免疫がない奴ってのは、鳥の雛《ひな》が最初に見たモンを親だと思うように、最初に好きになった奴を盲信して、盲愛して、盲目になる」

「それ、は、……だめですか？」

「惚れさせた責任とって一生可愛がってやらねぇとなぁ……って俺が思うだけだ」

「っん、ぅ……ぁ、あっ……」

会話でアオシの気を逸《そ》らしながら、ナツカゲの指が深く腹の中に入ってくる。

異物感のある後ろを誤魔化すように、半勃ちの前に触れられる。

自分の手で自慰をするのとは、ぜんぜん違う。陰茎も陰嚢《いんのう》もぜんぶひとまとめにできるくらいナツカゲの手は大きくて、厚みがあって、熱の伝わり方も、与えられる刺激の多さも、桁違《けたちが》いだった。

「っま、って……なつかげ……さっ……ま、って、がまん、できない……っ」

腰が揺れるのを見られている。

尻を持ち上げ、交尾の下手糞《へたくそ》な犬みたいにぎこちなく上下させてしまう。

このまま追い上げられて射精しても、結局はナツカゲの掌に出すだけで、よその女の中に出すわけでもないし、今日これからは、この男性器を使う出番なんて二度とない。そう考えると、なぜかまたひとつ興奮する。

これからアオシは女のように抱かれる。繁殖の為にではなく、アオシが自ら望んでナツカゲのメスになる。その下準備のひとつとして陰茎を可愛がられているだけなのに、ナツカゲに見られながら、ナツカゲの手で絶頂に追い上げられるという事実それだけで、発情した獣のように息を荒らげてしまう。

「つは……ぁ……っ、は……っん、ぁ」

たいした刺激もなしにナツカゲの手に射精する。

「上手に腰が使えてたぞ」

「ぁ、ぅ……っは……っ、ン……ぅ」

呼吸が乱れて、言葉にならない。

腰のあたりが心地良い疲労感に襲われ、それを味わうのがやっとだった。

アオシの吐き出した精液に濡れた手でナツカゲに尻を撫でられ、尻の肉を掴まれ、割り開かれる。

指を咥《くわ》えているところを白日に晒《さら》され、ナツカゲにしっかりと観察されて、「こっちも上手に食ってる」と尻を叩かれて褒められる。

「……っ」

尻を叩かれた反射で括約筋が締まり、含んだままの指をきつく締め上げた。

その締めつけがナツカゲの好みだったのか、次は尻を撫でられる。

「覚えとけよ、いまと同じように俺のを入れた時もケツでしゃぶるんだ」

「っは……ぁ……、ンぅ、ン、……っん」

深く、深く、指が入ってくる。指の付け根まで飲み込むと、しっかりとそこで馴染まされて、入ってくる時よりもゆっくりと抜かれる。

気持ち悪さや、痛みはない。

「なつかげさ……なんで、こんな上手なんですか……」

「お前の腹具合を見ながらやってるだけだぞ、才能あるのはお前のケツだ」

また勃起し始めたアオシの陰茎を揉んで、ナツカゲは教えてやる。

前を可愛がってる間に、ナツカゲは後ろを開く指を増やして、拡《ひろ》げただけだ。

才能があるのはナツカゲではなく、アオシのほうだ。上手に男を咥えこんで、舐めて、しゃぶって、食んで、気持ち良くなる才能がある。

アオシはナツカゲのすることぜんぶを受け入れる可愛くて素直な性格だから、ナツカゲを信頼してすべてを委ね、ナツカゲの与える感覚すべてを受け入れて、その身をナツカゲに明け渡して、ナツカゲに協力して一緒に気持ち良くなろうとする。だからナツカゲはアオシを傷つけることなく、これから抱く為の下ごしらえができるのだ。

……とはいっても、こうして後ろを弄《まさぐ》り始めてから結構な時間が経つ。アオシの体は、ナツカゲが手間と時間をかけた分に見合うだけの蕩け具合になっただけだ。

「後ろから、するんですか……」

アオシは、背に覆いかぶさるナツカゲに問いかける。

「そのほうがお前が楽だからな」

「前向いて、したいんですけど……」

アオシはナツカゲの両腕の内側で反転して、体を表向ける。

「無理そうだったら、途中でやめるか、体勢を変えるからな」

「はい」

アオシが頷くと、腰にナツカゲの手がかかり、尾てい骨のあたりが浮くほど持ち上げられる。ベッドに両膝をついたナツカゲの太腿に尻を乗せられ、裸の体も、ゆるく勃起した陰茎も、ぜんぶ、ナツカゲの視線のもとに晒す。

これから先を想像して、アオシは首を横にすると、頭を乗せたクッションに顔を半分隠して、ナツカゲのすることを視界の端で追いかける。

ナツカゲのズボンの前は大きく膨らんでいる。あぁなった時の苦しさを、同じ男のアオシも知っている。けれども、それはアオシの物とは比較にならないほど大きい。服に隠れていても、それが分かる。

ナツカゲが前立てを寛《くつろ》げて、一物を取り出す。

人間のそれとは色も形も違う。

初めてしっかりとその目で見るナツカゲのそれに、アオシは喉を鳴らした。

「アオシ……」

気遣うような、切羽詰まったような声で、名を呼ばれる。

アオシを求めて、欲しがって、早くなかに入って気持ち良くなりたいとナツカゲが願ってくれている。もう我慢の限界だと狼の眼が物語っている。

アオシは自ら誘うように、自分にできる精一杯で、ナツカゲの胴体に自分の脚を回して、ナツカゲを見つめ返し、ナツカゲの瞳だけを見て、視線を逸らさず、こくんと唾《つば》を飲み干した。

ゆるく綻《ほころ》んだ後ろに、ナツカゲの陰茎の先端が触れる。

熱くて、濡れた、他人の粘膜。

ナツカゲの短めの息遣いと、アオシの浅い呼吸音だけが重なる。

「……アオシ?」

「…………は、い」

ナツカゲに呼ばれて、視線を持ち上げる。

その視界が、妙にうるんでいた。

自分の両手が、ナツカゲの胸を押し返していた。

「……え?」

アオシは自分で自分の行動に疑問符を浮かべ、口端を笑みの形に引き攣《つ》らせる。

なんだ、これ。なんで俺はナツカゲさんを拒むように、遠ざけるように、この手で押し返しているんだ。どうして、自分を守るような動作で、胸の前に両手を掲げて、その手でナツカゲを押し返して……。

どうして、この手は震えているんだ。

なんで俺の視界はうるんで、次から次に涙が溢れて、止まらないんだ。

「ち、が……っ」

違う、そうじゃない。

否定したいのに、声も震えて、喉の奥で空気が詰まって、気道が狭まって、言葉どころか息すらできなくなって、「ひっ……」と悲鳴にも似た声だけが絞り出される。

息が上がって、怯えて警戒した犬みたいになっている。

こわいんじゃない。

拒むつもりはない。

こんなことするつもりはない。

ただ、この体が、この腕が、この目が、なぜか勝手に……。

「な、つか……っ、さ……っ」

好きな人を押しのけた手で、縋るように手を伸ばす。

ナツカゲは、いつものように、自らアオシと距離をとって、すこし後ろへ体を逃がす。

好きな人にそんなことをさせたのが悲しくて、アオシは「ごめんなさい……」と謝罪を口にした。

それが、ナツカゲには「ごめんなさい、やっぱりできません」という意味に伝わってしまったらしく、ナツカゲはアオシから離れようとした。

「ちがう……っ！」

アオシは上半身を起こし、自分からナツカゲを抱きしめた。

こわがってない、だいすき。

それを伝えるように、めいっぱい抱きしめた。

自分の持てる力のすべてで抱きしめた。

自分からナツカゲに触れて、三角耳のやわらかいところに触れて、頬を撫でて、両頬を両手で押し包み、己のもとへ引き寄せ、唇を重ねた。

「無理は……」

「してないっ」

強く、否定する。

自分自身に言い聞かせるように、何度も、何度も、言葉で否定する。

「大丈夫……っ、大丈夫です。こわくないんです、俺はナツカゲさんのこと好きなんです。すごく、すごく、好きなんです。ただ、情緒が安定しないって言うか、感情が記憶に追いついていないっていうか……だから……その……っ」

「……アオシ」

「ほんとに、ちがう、んです……っ、俺は、ナツカゲさんのことすきで、ただ、ちょっと、六年前……の、いやな記憶だけ、思い出したんだと思います」

「…………」

「だから、それ、上書きしてください」

まっすぐナツカゲの瞳を見つめて、そう願った。

アオシの望みを伝えた。

心はナツカゲを欲しがっているのに、記憶だけが現在《いま》を拒む。

それなら、過去を塗り替えればいい。

「俺のぜんぶ、しあわせにしてください」

「…………」

「お願い、俺の願いごと叶えて。力ずくで、強引に、俺を抱いて、しあわせにして、……それで、俺の体で気持ち良くなって、ナツカゲさんもしあわせになって」

アオシの言葉に応えるように、ナツカゲがアオシの背に手を添えて、その体を寝床に組み敷く。

アオシの手は、今度はナツカゲを拒まなかった。

＊

「っ、は……ぅ、ぅぁっあっ……はっ、っ」

息継ぎと、唸《うな》り声が、交互に、ひっきりなしに、口をついて出る。

ナツカゲの陰茎が、自分の腹の内側に納められていく。

アオシは、ナツカゲの手に己の指を絡め、爪を立て、明後日《あさって》の方向に首を逸らしては竦《すく》め、圧倒的な質量のオスに身悶《みもだ》える。

じわじわと脂汗が浮いて、血の気が引く。なのに、肉を割られ、狭い道を開かれる感覚が奥へと進むたび、その感覚を愛しく感じる。

こわくない、だいじょうぶ、ナツカゲさんはこわくない。

繋いだ手が震えるのは、好きな人とちゃんとセックスすることが初めてで、未知の体験で戸惑っているから……。自分にそう言い聞かせる。

好きな人は、自分を傷つけない、大事にしてくれる、大切にしてくれる。

アオシはナツカゲのことが好きで、ナツカゲもアオシのことが好き。

それだけを信じて、息を吸って、吐いて、ナツカゲの呼吸を聴いて、ナツカゲもまたアオシを苦しめない為に、精一杯自分の欲を抑制してくれていることを感じる。

ナツカゲは眉間《みけん》に皺を寄せて、このじれったさを発散しようと尻尾でベッドを叩く。

それを見たら、アオシは自分の下腹の重苦しさも、切なくなるような胸の締めつけも、息もできなくなるほどの愛しさに変わって、目の前の男が可愛い可愛い大好きなナツカゲだという事実だけで埋め尽くされる。

「……おく、まで、っはい、った……？」

いつもの敬語みたいな言葉を使う余裕もなく、問いかける。

「ここまで」

「ふか、ぃ……」

臍の上を指の腹で押されて、その深さに驚く。

けれども、一度しか交尾の経験がないこの腹にナツカゲの一物をすべて納めることは難しくて、「今日はここまでで、二人ともが気持ち良くて幸せになることだけをする」とナツカゲに甘く囁かれる。

アオシがすこし不服そうな顔をすると、「これから毎日でも抱いて、腹の奥の普通じゃ入らないところまで拡げて、そこに挿《い》れられないとイけない体にしてやる」と卑猥な言葉で唆される。

これから毎日ずっと一緒にいるのだから、焦らず、二人で楽しんでいこうとナツカゲが悪い遊びをアオシに教える。

アオシは、いま以上に楽しくて気持ち良くて幸せなことがあるのだと教えられて、こくんと喉を鳴らす。

畳みかけるようにナツカゲが、「最初のうちの、いましか楽しめない楽しみ方もあるんだ、まぁ焦らずそっちで楽しもうや」と悪い大人の笑みを浮かべ、アオシの好奇心を煽《あお》る。

アオシは、いいようにされてるなぁ……と思うけれど、そうしてナツカゲの甘言に唆されて、悪い遊びを覚えていく毎日を想像して、舌なめずりする。

「でも、これ以上どきどきしたら、死んじゃいます」

「それは困るな」

「いまも、もう、死にそう……」

自分の内側にいるオスを、締めつける。

ぎこちなくて、下手糞だけど、ナツカゲは喜んでくれる。

ようやく馴染んできたそれを、ゆっくりと引き抜かれ、ぎりぎりのふちで動きを止められる。

たった一往復する間に、はらわたの気持ち良くなるところをその圧倒的な質量で一度にぜんぶ愛されて、萎《な》え気味だったアオシの陰茎からは、とろりと精液が漏れ出る。

正常に射精するのとは異なる、だらしのない吐精だ。けれども、内側からの刺激を受けて得るその快感は初めてのもので、アオシの感覚の受容器は壊れたように悦び、再び陰茎が肉を割り開いて入ってくると、腰が抜けて、また、だらしなく精を吐き出した。

声もなく、ナツカゲの背に縋って、爪を立てた。

持て余して、受け入れきれなくなったこの感覚のやり場に困って、ナツカゲの頰を嚙み、首筋に歯を立てた。

ゆるゆるとナツカゲが腰を引けば、首もとを嚙む歯がゆるみ、アオシはひっきりなしに己の陰茎からじわじわと漏らし続けた。

「……お、ぁ、……っ、……ぅ、ンぅ、ぅ」

肉を抉《えぐ》られれば低い男の声で喘ぎ、肉をこそげ落とすように引き抜かれれば眉間に皺を寄せて呻《うめ》くように喘ぐ。

あとはこれの繰り返しだ。

アオシのなかでオスが一往復するたびに、いろんな感覚が湧《わ》き上がった。

肉と肉がくっついて、にちゃりと摩擦される時の気持ち良さ。出ていく時の排泄に似た感覚は病みつきになる。肉を開かれた分だけ圧迫感を得ると、力ずくで征服されているような感覚に支配され、脳が痺れる。もっとそれを味わいたいのに腰を引かれて悲しくて、尻を揺らして追いかけてしまう。そしたら、さっきよりもすこし早く腹のなかに戻ってきてくれる。

嬉しい。

腰骨の肉をこそげ落とすように抉られれば、尾てい骨がぐにゃぐにゃになるほど蕩けて、前から小便が漏れる。臍のほうへ押し上げられれば、膝から下の感覚がなくなるほどふわりと浮いたような快楽に呑まれる。

奥の奥に当たるほど突き立てられれば腸壁が勝手にうねってオスに絡みつき、もっと奥へ招き入れるようなあさましい動きをして、逃がさないように締めつけて、いっそうオスを感じて、アオシは前後不覚になる。

アオシが乱れれば乱れるほど、アオシの肉包では窮屈なほどオスが大きくなり、ナツカゲが眉根を寄せて苦しそうにする。

イヌ科特有の、陰茎の根元の瘤《こぶ》をこれでもかと膨らませて、つい、アオシのなかにそれを嵌《は》めて貪《むさぼ》ってしまいそうになるのを、自我で抑えてくれている。

アオシの腹のなかでは、先走りがじわじわとずっと吐き出されていて、陰茎が出入りするたびに、にちゃにちゃと糸を引き、いやらしい水音を立て、寝具を湿らせる。

ナツカゲの欲が、アオシにも伝わってくる。

目の前の愛しいつがいに種を付けたい。

アオシの体の内側も自分の精液でマーキングしたい。

我欲に呑まれそうになるのを、ナツカゲは歯軋《はぎし》りして堪《こら》えている。

アオシは、そんなナツカゲを愛しいと思う。

「ください」

アオシの言葉にナツカゲは首を横にするが、結局は、アオシが陰茎を食い締め、ナツカゲの耳を噛み、逃がさぬように締めつけて、ぜんぶ自分の内側で受け止めた。

アオシはナツカゲの頭を胸に抱きしめて、たっぷりの種付けを味わった。

「この……っ、こっちが遠慮してやったら……」

「ん……」

これから毎日するんだから、遠慮しなくていいですよ。

そんな意味を込めて、ナツカゲの耳と耳の間に顔を埋めて、後ろ頭を撫でた。

じわじわとずっと自分の腹を満たす感覚に甘く酔い痴れて、己のつがいのすべてを受け止めた。

あぁ、俺はこの人とつがいになったんだと、幸せに満たされた。

＊

朝までえっちした。

途中で休憩したり、ナツカゲとひとつのアイスを分け合ってベッドで食べたり、水を飲んだりしながら、でも、体のどこかはずっと触れ合っていた。

ひと眠りして、心地良い疲労とともにアオシは目を醒まし、いまもまだナツカゲと一緒にベッドでだらだらしていた。

だらだらしながらも、ナツカゲの腹に寝そべって、胸の毛に顔を突っ伏していた。

いまさらではあるが、好きな人とえっちしたことでドキドキしていた。

事が始まる前ではなく、終わったあとに一気にドキドキがやってきた。

えっちしている最中は、ただただひたすらナツカゲを受け入れて、一緒に気持ち良くなって、しあわせになることでめいっぱいだった。

好きな人を堪能することにしか神経が集中していなかった。

けれど、仮眠をとって頭がすっきりすると、好きな人とえっちした、という幸せすぎる現実が一気に押し寄せてきて、ドキドキしすぎて、もうナツカゲの顔も見られなくて、ナツカゲの胸に突っ伏して「……どきどきしてしぬ……」と屍《しかばね》のようになっていた。

「……俺、明日からこのベッドで目ぇ醒ますたびに、昨日の夜のこと思い出すんだと思ったら、もう正気でいられないです……しんでしまう……」

「……お前、明日からもこの部屋のこのベッドで一人で寝るつもりか？」

「…………？」

アオシは、胸の飾り毛を掻き分けて、ちらりとナツカゲの顎下あたりを見やる。

「今日から俺と一緒に寝ないのか？」

「え……」

「恋人同士でつがいになったのに、一緒の寝床に入らないのか？」

「…………」

「…………あ、いや、お前が寝室は分けたい派なら、そうする」

ナツカゲはアオシの顔色を見ながら、譲歩する。

だが、その顔は、苦渋の決断！　というのが丸分かりの表情だった。

「ナツカゲさん、この家の主寝室って……」

「空き部屋のままだ」

「じゃあ、そこに……新しいでっかいベッド買って……毎日一緒に寝たい、です」

言いながら、また、立派な胸筋ともふもふに突っ伏して、胸毛を毟《むし》る。

「早速掃除してくる」

「ナツカゲさん」

「うん？」

「俺の願いごと叶えて」

「なんだ？」

「……今日は掃除しないで、一緒にここにいてください……」

「いる」

「ありがと、ございます」

ナツカゲの手を探して、手を繋ぐ。

やっぱり両想いになってもナツカゲと手を繋ぐだけでドキドキする。

幸せで涙が滲む。

胸が苦しくて、いっぱいになって、窒息しそう。

ナツカゲが、空いている手でアオシの後ろ頭を撫でてくれる。

「これからはいままで以上に構い倒して、なにからなにまで俺の縄張りでお前を大事にするから楽しみにしとけよ」

「………しぬ」

いままで以上に大事に甘やかされたら、ドキドキしてしあわせで死んでしまう。

恋人でつがいになったのだ。公然と甘やかせる大義名分を手に入れたこの狼は、きっと、容赦なく、際限なくアオシを甘やかす。

だからアオシは開き直って、狼の両頰を両手で押し包み、鼻先をがぷっと噛んで、「じゃあまず俺のうなじを噛んでください」と甘えた。

狼のつがいにぴったりなうなじをください、と甘えた。

【6】

「ナツカゲさん、これ、この……これってもう冷蔵庫から出していいですか？」

キッチンに立つナツカゲに、冷蔵庫の前のアオシが問う。

すこし焦っているのは、もう間もなく来客の到着時刻だからだ。

「それはまだそのままでいい。それより、簡単につまめるものをそっちの皿に用意してあるから、アイランドに運んでおいてくれ。ラップはまだ外さなくていい」

「はい」

アオシは大皿をアイランドテーブルまで運んだ。

アオシは家事が得意ではないから、ナツカゲの補助や雑用を積極的にこなす。とにかく、ナツカゲの邪魔をしないように、できることを、言われたことを、きっちりこなす。

お客様が来たら、まず、三階のテラスへ案内してシャンパンを開ける。軽食とともに会話を楽しみ、日暮れが近くなれば、部屋に入ってみんなで食卓を囲む。食後は家の前の川べりに停《と》めてある船に乗って、星を見ながらデザートを楽しむ。

ホームパーティーの仕方を知らないアオシは、ナツカゲに教えてもらいつつ、自分でもネットで検索して、テーブルセッティングやお客様が楽しめるようなもてなしを考え、一週間前からすこしずつ準備して、前日にはナツカゲと一緒に料理の仕込みをした。

「アオシ、手伝え」

「はい！」

アオシは、腕まくりした袖を、もう一度袖をまくる動作をして気合を入れる。

「口、開けろ」

「あ」

ナツカゲの隣に立って大きな口を開けると、そこに肉の切れ端を放り込まれた。

「どうだ？」

「おいひぃれす」

力強く頷く。

いつも美味しいけど、今日の肉もめちゃめちゃ美味しい。

「よし、じゃあ、あとは……あぁ、そうだ、そろそろホットケーキの種、冷蔵庫から出しとくか」

「トッピングはあとでいいですか？　凍らせた果物だけは冷蔵庫に移しておきましたけど……」

「あぁそうだな、忘れてた。助かった。ほかのトッピングの類はお客が到着してからで充分だ。今日は、俺はほかの料理の仕上げをするから、ホットケーキを焼くのは任せるぞ」

「……上手く焼けるように祈っててください」

「あれだけ練習したんだ。焦らず、予熱と粗熱の管理さえしっかりやってればなんとかなる。……それと」

「お客さんの相手とキッチンで料理するのをナツカゲさんと交代でやって、部屋にお客さんだけにしないで、もてなす側がどちらかお客さんのところにいる、ですね」

「そうだ、頑張れよ」

「はい！」

ナツカゲに背中を叩かれて、アオシは威勢の良い返事を返す。

そうして二人でキッチンに並んで料理をしていると、アイランドテーブルに置いてあるタブレットに着信が入った。発信者の名前が電子音声で読み上げられて、アオシが口頭で応答を指示すると、ビデオ通話の画面に切り替わる。

『アオシ！　ナツカゲ！　ヨキ、もうすぐ着くよ！　おみあげいっぱいあるよ！』

途端に、ヨキの元気な声がキッチンに響いた。

『ヨキ、ちゃんと椅子に座って』

ヨキの隣のユィランが、チャイルドシートのヨキをしっかり座らせる姿が映り込み、アオシと画面越しに目が合うと、「こんにちは」とぺこりと兎耳でお辞儀する。

「ヨキ、ユィラン君も、待ってるから気をつけてこいよ」

『はい！』

ヨキの元気な返事が聞こえる。

『ごめんな、アオシ君。どうしてもヨキが電話するって聞かなくて……』

助手席に画面が切り替わって、ウラナケが手を合わせて謝る。

「いやいや、ぜんぜん、嬉しいです。もうすぐ到着ですよね。家の前の道、けっこう入り組んでて分かりにくいですけど、ウラナケさんとアガヒさんが早朝散歩デートで歩いた川沿いの家なんで、たぶん分かると思います。分かんなかったらまた連絡ください」

『……なぜ早朝デートのことを……』

「ヨキに聞きました。うちも最近、朝のデートコースです」

『アガヒ！　どうしよう！　俺いますごい恥ずかしい！』

『分かった、分かったから……お前もちょっとじっと座っててくれ』

ウラナケの恥ずかしがる声と、運転席のアガヒの声だけが聞こえる。

『ヨキもー！　ヨキももっとお話しするー！　ナツカゲー！　ヨキとお兄ちゃんと一緒に、パパのふわふわでふわふわしようね～！』

そこへさらにヨキの声が重なった。

「俺も一緒にするのか……」

ナツカゲは料理の手は休めず、大いに笑った。

ウラナケが、『はい、電話はおしまい。それじゃあ、もうすこしで伺います』と最後に締めて、通話を終えた。

「もうすぐ到着らしいです。ちょっと急ぎますか?」

「そうだな。出迎えんとならんしな」

二人ともまだエプロン姿で、お客様を迎える恰好ではない。

二人は顔を見合わせて、それぞれの準備を急いで、お互いの準備を手伝った。

今日は、ヨキと家族が、ナツカゲとアオシの家に遊びにくる。

本当は、ヨキの家にアオシとナツカゲが招待されていたのだけれども、まずは、「ヨキが家族と会える日まで頑張って過ごした場所を見てください」と伝えて、こちらの家へ招いた。

それに、ヨキが大事にしていた家族写真もまだ我が家にある。

今日は、ヨキと一緒にテラスでホットケーキを焼いて、ホットケーキタワーを作る。

それから、「ヨキが一緒にいなくても、アオシとナツカゲは一緒の席に着いて、一緒にご飯を食べるようになったよ」と伝えるのだ。

君のおかげで、いまがあるよ。

ただいま、おかえり。そう言ってハグをするようになったよ。

同じ寝床に入っておやすみ、同じ寝床で目覚めておはよう。朝の挨拶を交わし、キスをするようになったよ。

まだぎこちない瞬間もあって、戸惑うこともあるけれど、毎日すこしずつ、つがいらしくなっているよ。

ヨキにそう伝えて、抱きしめるのだ。

もう、アオシの部屋のドアには鍵がない。

あれからすぐに取り外して、アオシとナツカゲは別々の寝床をひとつにした。

いまだに、こうしてキッチンに立って、肩が触れ合うだけでドキドキするけれど、そういう時は、顔を見合わせて、アオシがすこし背伸びをすれば、ナツカゲがすこし背を屈《かが》めて、鼻先をくっつけ合って、二人してはにかみ笑いする。

心地良くて、くすぐったいしあわせ。

想いが通じ合ったばかりのつがいは、これから毎日、この家で愛を育むのだ。

このキッチンで、二人で食べる食事を作るのだ。

大事で、大切で、大好きな、つがいとともに。

あとがき

こんにちは、鳥舟です。

『つがいはキッチンで愛を育む』お手にとってくださりありがとうございます。

今作は、一作目『つがいは愛の巣へ帰る』に続く、シリーズ二作目となります。

一作目とは異なるメインカップルでお話は進行しますが、一作目のアガヒとウラナケのその後が垣間見える内容となっています。以下、キャラクター紹介のような、すこし本編のネタバレ（登場人物の小ネタ）が入りますので、ご留意ください。

アオシ。お金の使い方が下手。大金を使う時に胃がきゅってなるタイプ。ナツカゲがわりと金銭面で鷹揚かつ計画的に使う時は使うタイプなので、見ていてハラハラする。

ナツカゲ。揚げ物が好き。アオシと暮らし始めた頃に、夕飯に牡蠣フライを揚げていたら、アオシが匂いに釣られて顔を見せたので、それ以降、アオシが部屋に閉じこもっていたり落ち込んでいたり元気がない時は揚げ物で呼び寄せることにしているが、アオシはその事実を知らない。呼び寄せられている自覚もない。

さて、惜しむらくは本文中でナツカゲにマズルガードと首輪を付けさせての発情期えっちを割愛したことなのですが、ナツカゲをマズルガードと首輪で拘束するなんてことになったらアオシが「え、ナツカゲさんに、そんな可哀想なことできないですよ。ていうか、ナツカゲさん、そんなことしなくてもいつも理性的じゃないですか」と無意識かつ無邪気にナツカゲを信頼して笑うから、ナツカゲは「はー……俺の天使によって俺の理性の限界がいま試されている」って額に手を当てて天を仰ぎつつ自分の理性の限界値を底上げするんだろうな……と思いました。がんばれナツカゲ。お前のつがいはとても心が純真だ。

いつものお礼になりますが、担当様、今回もお世話になりました。

サマミヤアカザ先生、素敵なナツカゲとアオシ、可愛いヨキ、美人のウラナケを描いてくださりありがとうございます。キャララフを拝見した時、アオシがとても男前で、丈夫そうな体格をしていて、これは老若男女人間獣人人外を問わずモテる男だと確信しました。

最後になりますが、この本を手にとり、読んでくださった方、いつもお手紙や差し入れを送ってくださる方、日々、仲良くしてくれる友人たち、本当にありがとうございます。

鳥舟あや

本作品は書き下ろしです。

ラルーナ文庫

この本を読んでのご意見・ご感想・ファンレターなどお待ちしております。〒111−0036 東京都台東区松が谷1−4−6−303 株式会社シーラボ「ラルーナ文庫編集部」気付でお送りください。

つがいはキッチンで愛《あい》を育《はぐく》む

2020年5月7日 第1刷発行

著　　者｜鳥舟《とりふね》あや
装丁・DTP｜萩原 七唱
発 行 人｜曺 仁警
発 行 所｜株式会社 シーラボ
〒111-0036 東京都台東区松が谷1-4-6-303
電話 03-5830-3474／FAX 03-5830-3574
http://lalunabunko.com
発 売 元｜株式会社 三交社（共同出版社・流通責任出版社）
〒110-0016 東京都台東区台東4-20-9 大仙柴田ビル2階
電話 03-5826-4424／FAX 03-5826-4425
印刷・製本｜中央精版印刷株式会社

 ISBN978-4-8155-3235-2